Marc Zimmermann

Hector & Eduardo

Verlag: tredition GmbH, Hamburg

ISBN
Paperback: 978-3-7345-7705-5
Hardcover: 978-3-7345-7706-2
e-Book: 978-3-7345-7707-9

Printed in Germany

1

Hector konnte sich nicht bewegen. Jeder Muskel, jeder Knochen in seinem Körper schmerzte und sein Herzschlag dröhnte ihm in den Ohren. Seine Lunge fühlte sich an, als ob sie plötzlich zu gross für seinen Brustkorb wäre; jeder Atemzug war eine Qual.

Er schlug die Augen auf und spürte unter Schmerzen, dass sein linkes Auge zugeschwollen war. Es war dunkel, er lag seitwärts auf dem harten Pflaster einer Strasse und sein Blickfeld war verschwommen. Sein Schädel dröhnte und er wagte es nicht, irgendwelche Gedanken zu fassen. Ein warmer Windstoss streichelte seine Arme und in der Ferne bellte ein Hund. Hector nahm all seine Kraft zusammen und drehte sich mit einem Stöhnen auf den Rücken. Es tat höllisch weh, doch nun konnte er freier atmen und über sich sah er die Sterne. Hector liebte die Sterne, doch als er merkte, dass sie sich bewegten, schloss er schnell wieder die Augen.

Neben ihm stöhnte es jetzt ebenfalls. Sofort drehte er sich um, doch im selben Moment bereute er diese Entscheidung und krümmte sich vor Schmerz und Übelkeit, die seinen Körper überfielen. Als er, still vor sich hin leidend, versuchte, die Quelle des Geräusches auszumachen, kam ihm die schemenhafte Erinnerung eines vernarbten Gesichtes, das ihn spöttisch anblickte, doch Hector konnte mit diesem Gesicht nichts anfangen, in seinem Kopf schwirrte alles umher, er blieb liegen und rührte sich nicht. Nach einer Weile drehte er langsam wieder den Kopf in Richtung des Stöhnens und sah neben sich den Umriss eines Menschen, auf allen vieren und schwer atmend. Er stiess, in einigem Abstand, leise Flüche aus, die mehr flehend als fluchend klangen, der tiefen Stimme nach zu urteilen war es ein Mann.

Hector beobachtete das erbärmliche kleine Häufchen neben sich lange, ohne irgendetwas zu denken und lauschte seinem Leiden. Einem besonders originellen Schwall Flüchen folgte ein Schwall Erbrochenes. Aus Hectors Kehle kam ein keuchendes Lachen, das sofort in einen Hustenanfall überging und ihn kräftig durchschüttelte. Als er sich wieder beruhigt hatte, war der andere aufgestanden und stützte sich an einer Hausfassade ab. Mit schwacher Stimme stiess er hervor: «Was gibt's da zu lachen, du Hund?»

Hector lächelte vor sich hin und gab ein abwesendes «Weiss nicht» von sich. Auch er versuchte nun aufzustehen und merkte, wie ihn die Übelkeit zu übermannen drohte, doch er schaffte es, seine Hände auf den Knien abgestützt, das Gleichgewicht zu halten.

«Wo sind wir?», hörte er den Mann brummen, doch Hector war damit beschäftigt, seine Gedanken und Erinnerungen zu ordnen. In seinem Kopf schwirrte alles umher, er konnte nicht klar denken und plötzlich überkam ihn Angst. Er hob den Kopf und versuchte auszumachen, wo er war, doch in der Dunkelheit erkannte er weder die Strasse noch die Häuser. Ausser den beiden Männern war niemand ausser Haus, es musste tief in der Nacht sein.

Als Hector den Mann betrachtete, fiel ihm dessen ungewöhnlich kräftige Statur auf. Er war riesig, jeder Muskel seines Körpers schien durchtrainiert und die Schultern waren breit. Hector erkannte eine grosse Nase, einen beträchtlichen Vollbart und buschige Augenbrauen, der Kiefer war kräftig und die schwarzen Haare reichten ihm bis auf die Schulter. Der Mann weckte eine Erinnerung in ihm. Er kannte ihn. Doch woher? Sicherlich wäre dieses Ungetüm eine beeindruckende und sogar beängstigende Erscheinung gewesen, doch wie er da so stand, eine Hand an der Hausmauer, die andere auf seinem Bauch, die kreidebleiche Farbe seines Gesichts sogar durch die Dunkelheit erkennbar, wirkte er viel mehr wie ein geschlagener Hund.

Hector fasste den Entschluss, sich erst einmal um sich selbst zu kümmern, und begann mit schmerzverzerrtem Gesicht und schwachen Schrittes die Strasse hinab zu tappen, obwohl er nicht wusste, wo sie hinführte. Er kam unendlich langsam voran und alles um ihn herum drehte sich, sein Kopf fühlte sich an, als wäre er aus Blei, und als hinter ihm plötzlich der Mann mit der tiefen Stimme polterte: «Wo willst'n jetzt auf einmal hin, du Hurensohn?», erschrak er so heftig, dass sich sein Magen zu überschlagen schien und er sich auf die Strasse übergab. Hector richtete sich wieder auf und drehte sich um. Der Mann kam ihm schwankend entgegen und brummte: «Du bringst mich zuerst nach Hause, Hector, und dann kannst du gehen, du kleiner Mistkerl.»

Hector fragte sich, woher dieser Mann seinen Namen kannte und wägte ab, ob er nicht einfach wegrennen sollte, doch in seinem momentanen Zustand wäre das wohl absolut unmöglich gewesen. Der Hühne legte seinen Arm um Hectors Schulter und dieser bestaunte gerade dessen riesenhafte Hand, als es ihm langsam dämmerte.

Er begann zu lachen und Gorka stimmte mit ein. Als Hector fragte: «Was war denn heut Nacht los?», verfiel der Baske in ein noch lauteres Gelächter und antwortete: «Oh du hast uns alle mächtig unterhalten, das kann ich dir sagen, mein Junge! Die ganze Schenke stand Kopf! Carlos wollte dich zuerst rausschmeissen, aber als du angefangen hast, dieses Lied zu singen, warst du nicht mehr aufzuhalten!»

«Oh nein», stöhnte Hector schwach und hielt sich die vom Lachen schmerzenden Rippen. «Das Lied von der lustigen Hure?»

«Genau das!», dröhnte Gorka und kriegte sich vor Lachen kaum wieder ein. Hector vergrub sein Gesicht in den Händen und atmete schwer aus.

«Ich habe mir geschworen, ich würde es nie wieder irgendwo singen.»

«Es kommt aber überall gut an, mein Freund. Und falls du dir Sorgen um deinen guten Ruf machst, kann ich dir nur eins sagen: Du hattest noch nie einen. Spätestens nach dem Ding mit der Tochter vom Bäcker», fügte er mit einem breiten Grinsen an und Hector lachte erneut laut auf. «Wie hiess sie nochmal? Raquel? Nein, irgendwas mit einem A ...»

«Maria», sagte Hector lächelnd. «Du hast ja recht, es ist nicht schlimm, Carlos mag es einfach nicht. Er meint, das verscheucht ihm seine Kundschaft.»

Sie bogen links in eine andere Strasse ab. Hector wusste nicht, wo sie waren, sein ganzer Körper schmerzte immer noch und ihm war übel, doch er war glücklich.

«Als ob», meinte Gorka und winkte mit der Hand ab. «Seine Kundschaft besteht aus Säufern und gewöhnlichen Männern wie du und ich. Jeder dort mag dich und wenn nicht, bei Gott, dann sollen sie sich ein anderes Gasthaus suchen.»

Hector war froh, dass er einen Freund wie Gorka hatte. Abgesehen davon, dass sie sich näher als Brüder standen und er der einzige Mensch war, dem er auf dieser Welt vertraute, war es auch recht nützlich, dass der Schmied so stark und angsteinflössend war, denn das war bei ihren nächtlichen Ausflügen schon oft von grossem Wert gewesen.

Ihr allererstes Treffen lag eine ganze Weile zurück, Hector konnte sich nur noch vage daran erinnern. Gorka beharrte darauf, dass Hector betrunken gewesen sei und ihn in Carlos' Kneipe von hinten gestossen habe, doch Carlos meinte fest überzeugt, Hector sei nur unabsichtlich in den grossen Basken gestolpert. Fest stand jedenfalls, dass sich die beiden eine richtig herbe Prügelei geliefert hatten; Hector war sogar in berauschten Zustand noch um einiges schneller und flinker gewesen als Gorka, doch als dieser ihn schliesslich mit einem schnurgeraden Schlag ins Gesicht erwischt und Hector somit die Nase gebrochen hatte, nahm der Kampf ein jähes Ende. Von jenem Moment an wusste auch Gorka nicht mehr, was an diesem Abend noch passiert war. Er hatte sich von Carlos erzählen lassen müssen, dass er von fremden Männern niedergestreckt und um das wenige Geld, welches er noch nicht für Wein ausgegeben hatte, beraubt worden war, als er das Wirtshaus verlassen hatte.

Von da an war auch Gorka ein Stammkunde in Carlos' Schenke, da er überzeugt war, eines Tages den Dieben wieder zu begegnen. Doch so genau Carlos ihm die Gauner auch beschrieb, er hatte sie nie wieder gesehen.

Hector hatte ihn schadenfreudig ausgelacht, als er diese Geschichte eines Abends gehört hatte und durch das Wirtshaus gerufen: «Falls du eines Tages erfolgreich bist, dann bestell diesen Helden doch meine Grüsse, ja, du fetter Riese?» Es hatte eine weitere Prügelei gegeben, dieses Mal ohne Verletzungen, und zum Schluss fanden sie sich gemeinsam an einem Tisch wieder, Bier trinkend und lachend. Seither hatten sie nie wieder gestritten.

So torkelten die beiden Männer betrunken durch die nächtlichen Strassen des sommerlichen Córdoba, grölten und johlten vor sich hin und für eine Weile

vergass Hector die Welt und ihre Ungerechtigkeit,
die er so oft verfluchte.

2

Eduardo stand aufrecht vor dem Fenster, die Hände hinter dem Rücken verschränkt. Regungslos starrte er auf den weitläufigen Garten, der sich unter ihm erstreckte, ohne dass er etwas für die kunstfertigen, kleinen Statuen, den Springbrunnen oder die seltenen Blumenarten übrighatte. Es herrschte eine erdrückende Hitze und die Sonne brannte erbarmungslos auf Córdoba und die Menschen nieder, die das Pech hatten, draussen zu arbeiten. Der Gärtner gab sich alle Mühe, die Pflanzen vor dem Austrocknen zu bewahren und sich gleichzeitig vor den Sonnenstrahlen zu schützen. Diejenigen, die es sich leisten konnten, blieben zuhause, kühlten sich mit Limonade ab, verbrachten den Tag träge in ihren vier Wänden, und wagten sich erst nach Sonnenuntergang auf die Strassen. Zu diesen Leuten gehörte auch Eduardo.

Wie immer, wenn er Zeit zum Nachdenken brauchte, hatte er Alfonso, seinen schon etwas in die Jahre gekommenen Leibdiener angewiesen, den Weinkrug aufzufüllen, obwohl Eduardo nur gelegentlich trank und wenn, dann abends. Schnell hatte Alfonso begriffen, dass diese Aufgabe eine Aufforderung war, mehrere Minuten wegzubleiben und seinen Herrn in Ruhe zu lassen.

Der junge Mann wandte sich vom Fenster ab und seufzte. Auf seinem schweren Arbeitstisch stapelten sich diverse Dokumente und Bücher, die er alle noch bearbeiten sollte, doch im Moment galten seine Gedanken nur dem Brief, der in der Mitte des Chaos lag.

Es war ein sehr kurzer Brief. Einige wenige, informelle Zeilen, die mit krakeliger Schrift und ohne Sorgfalt verfasst worden waren. Eduardo hätte nicht damit gerechnet, dass er vom Absender dieses Schriftstücks noch je etwas hören würde. Er wollte Don Francisco eigentlich auch nie wieder sehen, doch was er selbst wünschte, spielte für Eduardo schon lange keine Rolle mehr.

Er hatte schnell gelernt, dass man als spanischer Adliger alles in seiner Macht Stehende tun musste, um seine Ehre zu erhalten, als Herzog von Monterreal erst recht. «Ein Mann ohne Ehre ist kein Mann», murmelte er und wiederholte die Worte, die er so oft von seinem Vater, Enrique, gehört hatte.

Sein Vater war der ehrenhafteste Mann gewesen, den Eduardo je gekannt hatte. Er war gütig, gerecht und fromm, hatte ein grosses Herz und behandelte seine Bediensteten mit ebenso viel Respekt wie seine adeligen Freunde.

Doch nicht einmal er war perfekt, dachte Eduardo mit einem bitteren Lächeln und wollte gerade nach

Alfonso rufen, als dieser vorsichtig die Tür zum Arbeitszimmer aufstiess und nachsah, ob sein Herr ihn benötigte. Eduardo lächelte. «Du hast wahrlich ein unheimliches Gespür für mich, Alfonso. Komm, setz dich und trink etwas.»

Alfonso betrat, den frisch aufgefüllten Weinkrug in den Händen, den Raum und ging zu einer kleinen Ablage in der Ecke des Zimmers, um das Gefäss abzustellen.

«Stell ihn hier auf den Arbeitstisch, den werden wir heute brauchen.» Der Bedienstete blickte ihn verdutzt an, durchquerte jedoch sofort das Zimmer. Er ging ein wenig gebeugt, doch stets anmutig, und platzierte den Krug sorgfältig auf dem einzigen freien Platz auf dem überhäuften Tisch.

«Darf ich fragen, weshalb Ihr gedenkt, um diese Uhrzeit schon Wein zu trinken, Eure Hoheit?» «Du weisst, du sollst mich nicht so nennen, Alfonso. Ich bekomme diesen Titel schon jeden Tag oft genug zu hören.»

«Verzeih mir, Eduardo», lächelte der alte Mann, «doch es ist nicht leicht, solche Angewohnheiten abzulegen. Erst recht nicht, wenn man sie schon als Kind eingeprügelt bekommen hat. Aber vielleicht…», fügte er schmunzelnd an, während er zwei Kelche mit Wein füllte und auf den Tisch stellte, «vielleicht ist es auch schon das Alter.» Nachdem Eduardo sich auf seinen Sessel niedergelassen hatte, bedeute er Alfonso, sich ebenfalls zu setzen und reichte dem grauhaarigen Mann den Brief, über welchen er schon den ganzen Morgen nachdachte.

«Aha», meinte dieser eisig, als er den Brief zu Ende gelesen hatte, und gab ihn seinem Herrn wieder zurück. «Während drei Monaten die Stadt geniessen. Enriques Grab aufsuchen. Denkt er, wir sind dämlich?»

«Nur ein Narr würde sich in diesen Tagen in Córdoba niederlassen, wenn er nach Erholung suchte», pflichtete ihm Eduardo bei und dachte dabei an die vielen Morisken, die nach der fehlgeschlagenen Rebellion gegen ihren Willen in die Stadt ziehen mussten und versklavt wurden. Das Verhältnis zwischen ihnen und der christlichen Bevölkerung Córdobas spannte sich mehr und mehr an, denn immer wieder waren Gerüchte von erneuten Verschwörungen der Muslime gegen ihre Unterdrücker im Umlauf und vergrösserten den Graben zwischen den beiden Völkern.

«Und das Grab meines Vaters ist ihm so egal wie seine finanziellen Ausgaben. Er schreibt auch von seiner Tochter, Catalina. Ich kann mich nicht daran erinnern, dass Don Francisco Kinder hatte.»

«Tatsächlich hatte er eines, er liess das arme Mädchen allerdings nie mitkommen, wenn er deinen Vater besuchte. Was wohl besser war, denn meistens haben sie sich ja nur betrunken», schmunzelte Alfonso, wurde dann aber sofort wieder ernst.

Eduardo nickte und nahm einen grossen Schluck Wein. «Wie alt sie wohl ist?», fragte er langsam. «Soweit ich weiss, geht ihm langsam sein Geld aus, bei all den Gelagen, die er in Madrid veranstaltet, und viel hat er ja nicht davon. Seine Tochter mit einem reichen Mann zu verheiraten wäre ein kluger Zug.»

«Wir wissen nicht, was er vorhat», antwortete Alfonso ruhig.

«Aber was gäbe es sonst für Gründe um den königlichen Hof zu verlassen und sich nach Córdoba zu begeben? Wieso sollte er mich aufsuchen?» Alfonso liess sich mit seiner Antwort Zeit. «Ein Versuch, dich mit seiner Tochter zu verheiraten, ist in der Tat am wahrscheinlichsten. Sie ist, soweit ich mich entsinne, ein oder zwei Jahre jünger als du.» Er schwenkte dabei sachte den Wein im Kelch und blickte Eduardo nachdenklich an.

«Falls dies tatsächlich sein Vorhaben ist, wieso denkt er, dass ausgerechnet ich seine Tochter heiraten würde? Ich, der Sohn jenes Mannes, den er im Stich gelassen hat?»

Wut überkam Eduardo. Er war sich bewusst, dass er nicht die ganze Geschichte des Streits zwischen seinem Vater und Don Francisco kannte, doch was er wusste, war, dass sie gemeinsam am königlichen Hof aufgewachsen und all die Jahre unzertrennlich gewesen waren. Bis zum Tod Hernandos, Eduardos älterem Bruder. Am selben Abend hatte es einen fürchterlichen Streit zwischen den beiden Männern gegeben und Don Francisco war noch am selben Abend abgereist. Seither hatte Eduardo ihn nie wieder gesehen. Nicht einmal zur Beerdigung seines Vaters war er gekommen und Eduardo hatte vergeblich auf ein Beileidsschreiben gewartet.

«Willst du meine Sicht hören?», fragte Alfonso behutsam und der Herzog nickte. «Don Francisco hat sich seit Enriques Tod nie mehr bei dir gemeldet. Dieser Hidalgo brach jeglichen Kontakt ab und hat sich schon früher nicht gross für euch Kinder interessiert. Doch kannst du dich noch an seine Besuche erinnern?»

Natürlich konnte er sich noch erinnern. Immer, wenn der Adlige bei seinem Vater zu Besuch war, brachte er allen drei Söhnen ein billiges, langweiliges Spielzeug mit. Das Lächeln des fetten Mannes, wenn er die Geschenke übergab, war eisig und falsch und erreichte seine Augen nicht. Danach verschwanden die beiden Erwachsenen im Arbeitszimmer und tauchten für den Rest des Tages nicht mehr auf. Ab und zu gingen sie fort, machten Ausflüge auf die Ländereien ausserhalb von Córdoba und kehrten erst Tage später wieder zurück. Don Francisco behandelte die zwei älteren Söhne wie Luft, doch den Jüngsten schien er aus irgendeinem Grund speziell zu mögen. Da dämmerte es Eduardo.

«Du meinst», begann er langsam, «Don Francisco will seine Tochter nicht mit mir, sondern mit Hector verheiraten?»

«Vielleicht», entgegnete Alfonso. «Er weiss, dass du seine Tochter nicht heiraten wirst, Eduardo, es steckt zu viel von deinem Vater in dir, als dass du dich mit der Tochter eines gewöhnlichen Hidalgos abgeben würdest. Erst recht nicht mit ihm als Schwiegervater. Er weiss aber auch, dass Enrique Hector als legitimen Sohn aufzog und ihn auch so behandelt hat und er weiss, dass niemand sonst davon Bescheid wusste, dass er ein Bastard ist. Und, so schien es mir jedenfalls, mochte er ihn. Gott weiss, aus welchen Gründen.»

«Doch natürlich hat er nicht mehr mitbekommen, dass Vater ihn eines Tages davonjagte», beendete Eduardo den Gedanken und ein Lächeln schien um seine Lippen zu spielen. Hector.

Eine Weile verging, ohne dass die beiden Männer ein Wort sprachen. Eduardo hatte schon lange nicht mehr an die Geschichte denken müssen. Nachdem seine Mutter bei seiner Geburt gestorben war, verbrachte sein Vater viel Zeit mit Don Francisco. Sie blieben oft über mehrere Tage fort und kamen betrunken nach Hause, so hatte es Alfonso ihm jedenfalls erzählt. Eines Tages kehrte er mit einer Frau wieder, der Kleidung nach eine einfache Magd, welche einige Monate im Palast hauste, Hector gebar und danach wieder verschwand. Die einzigen, die von dieser Geschichte wussten, waren Don Francisco, Alfonso und die drei Söhne, als ihr Vater der Meinung gewesen war, sie seien alt genug, um die Wahrheit zu erfahren. Eduardo war sich nie wirklich sicher, doch er glaubte, dass sein Vater sich diese Tat nie hatte verzeihen können. Er hatte Hector zwar wie seine beiden ehelichen Söhne behandelt, doch oft erwischte Eduardo ihn, wie er Hector mit langen Blicken bedachte und beschämt die Augen senkte.

«Wie gesagt, es ist nur eine Vermutung, doch…»

«Kannst du dich noch an die Nacht erinnern, in der Hernando gestorben ist?» Eduardos Stimme war ausdruckslos und er blickte ins Leere.

«Natürlich. Leider nur zu gut», antwortete Alfonso unbehaglich. «Ich kann mir nicht ausmalen, wie grausam es für einen Vater sein muss, seinen ältesten Sohn zu verlieren. Versteh mich nicht falsch, Eduardo», fügte er schnell hinzu, doch sein Herr stierte nur weiter vor sich hin, schien in Erinnerungen versunken. «Es war bestimmt auch für dich ein unersetzlicher Verlust, doch wir wissen ja beide, dass dein Vater danach… Nun ja, nicht mehr derselbe war. Er wusste nicht, was er tat, als er Hector rauswarf.»

«Doch, das wusste er. Ich schätze deine Höflichkeit, Alfonso, doch das wusste er. Hector war sein Bastard und all die Jahre ging er ein Risiko ein. Wenn jemand davon erfahren hätte, wäre es um seine Ehre geschehen gewesen. Hernandos Tod hat ihn nur dazu gebracht, das zu tun, was er schon immer tun musste. Oder wollte.»

«Er hat Hector geliebt, so wie er dich geliebt hat, Eduardo!», wandte Alfonso ein.

«Und doch hat er dem Hof seinen Tod vorgetäuscht. Er hat uns von klein auf beigebracht, dass ein Mann ohne Ehre kein richtiger Mann ist. Mein Vater tat, was er tun musste, um unsere Ehre zu bewahren.»

«Viele Männer…», begann Alfonso, doch Eduardo unterbrach ihn ungeduldig. «Haben Bastarde, ich weiss. Und wie stehen aufrichtige, ehrenhafte Männer dazu? Sie verachten sie, Söhne wie Väter, und sie verlieren jeglichen Respekt vor der Familie. Alfonso, du kanntest meinen Vater. Ehre war für ihn das Höchste. Er hat es sich wahrscheinlich nie verziehen, das mit Hector, doch er hat es nie zugelassen, dass das Andenken dieser Familie in den Dreck gezogen wurde und ich werde das ebenfalls nicht.»

Alfonso blickte zu Boden. Langsam sagte er: «Es hat deinen Vater aufgefressen, das stimmt. Doch Hector hat es nicht verdient, zu dieser Familie gegeben zu werden. Sie hatten ja nicht einmal selber genug zu essen für sich selbst und schon nach zwei Monaten ist er weggerannt, wie du weisst.» Eduardos Augen glänzten und er öffnete den Mund, schwieg aber.

«Hat Hernando es denn verdient zu sterben?», platzte er plötzlich heraus, seine Stimme war zittrig. «Natürlich nicht, ich habe es nicht so gemeint, Eduardo. Verzeih mir.» Die beiden Männer sahen sich an. «Ich gebe seit Vaters Tod mein Bestes, um meinem Titel gerecht zu werden. Er hat mir alles beigebracht, was ich kann, mich zu dem gemacht, was ich jetzt bin. Wenn ich vor dreizehn Jahren an seiner Stelle gewesen wäre, hätte ich dasselbe gemacht. Ich wäre kein Risiko eingegangen.» Eduardo leerte seinen Kelch mit einem Zug und füllte ihn wieder. «Nein, das wäre ich nicht. Ein Mann ohne Ehre ist kein Mann», murmelte er vor sich hin. Nach einem weiteren grossen Schluck seufzte er leise und blickte ins Leere. «Trotzdem fehlt er mir, mein kleiner Bruder. Wir hatten so viel Spass, wenn wir Hernando ärgerten. Und jetzt? Ich bin Herzog, und er, er ist vielleicht gar nicht mehr in der Stadt oder in Spanien oder überhaupt am Leben. Nicht einmal das weiss ich.»

«Wenn du es wünschst», sagte Alfonso behutsam, «werde ich noch heute Leute losschicken, die sich nach ihm umhören. Falls er noch lebt, wird man ihn auf der Strasse sicherlich kennen. Der kleine Junge war schon immer ein Schlitzohr.»

«Selbst wenn er noch lebte und wenn man ihn fände… Alfonso, ich würde ihn nicht wieder aufnehmen. So sehr ich es mir auch wünschte, ich werde alles in meiner Macht Stehende tun, um die Ehre dieser Familie zu beschützen und Hector wird nie wieder ein Teil davon sein. Ich bezweifle, dass er das überhaupt noch sein will, nach allem, was wir getan haben.»

Die beiden Männer verfielen in Schweigen. Alfonso beobachtete Eduardo, während dieser aufstand und ans Fenster trat. Die Sonne blendete seine Augen. Er schützte sie nicht, blinzelte nur unbeholfen und verharrte vor dem Glas, während ihm heiss wurde und er zu schwitzen begann.

«Hernando… Er sollte jetzt hier sein. Er sollte Herzog sein. Dafür war er bestimmt, nicht ich.» Er leckte sich die Schweisstropfen von der Oberlippe.

«Und doch bist es du, der hier steht. Gott wird seine Gründe dafür haben.»

«Seit seinem Tod habe ich nicht mehr gebetet, Alfonso. Gott und ich, wir sprechen eine andere Sprache und verstehen nicht, was wir uns mitteilen wollen.»

«Ich weiss», seufzte der betagte Mann und nahm einen Schluck Wein. «Und das ist wirklich bedauerlich. Wenn du auch nur versuchen würdest zu beten…»

«Ich habe meine Mutter nie kennengelernt, mein Vater und mein Bruder sind gestorben und mein einziger Verwandter ist mein Halbbruder, der vielleicht gar nicht mehr lebt und wenn ja, dann hasst er mich. Ich sehe keinen Grund zu beten. Und jetzt muss ich mich auch noch neben meinen täglichen Aufgaben mit diesem verlogenen Hidalgo herumschlagen.» Er verfluchte Don Francisco im Geiste, sodass Alfonso seine obszönen Beleidigungen nicht hören konnte.

«Gib ihm eine Chance, Eduardo. Du weisst nicht, wieso er mit deinem Vater gestritten hat. Vielleicht will er dich ja um Vergebung bitten.»

Eduardo schnaubte, legte die Stirn in Falten und schloss die Augen, wie immer, wenn er eine schnelle Entscheidung fällen wollte.

«Bereite alles vor», wies er seinen Leibdiener schliesslich an. «Don Francisco soll einen ordentlichen Aufenthalt haben. Er soll alles bekommen, was er will. Doch verheiraten kann er seine Tochter mit einem anderen Adligen. Wenn er feststellt, dass Hector nicht mehr Teil unserer Familie ist, bin ich nicht seine zweite Wahl.»

Alfonso nickte, erhob sich und wollte aus dem Zimmer eilen, blieb schliesslich aber stehen.

«Gestatte mir noch, dir einen Vorschlag zu machen, Eduardo. Es ist eine Idee, die du vielleicht in Erwägung ziehen könntest, hör sie dir nur mal an.» Dieser nickte ungeduldig, immer noch auf den Garten blickend und schwitzend. Alfonso erzählte ihm von seiner Überlegung, während Eduardo schwieg.

Als er schliesslich zu einem Ende kam und seinen Herrn erwartungsvoll anblickte, stand dieser nachdenklich im Sonnenschein und rührte sich lange Zeit nicht. Schliesslich trat Eduardo aus dem Sonnenschein und wischte sich die schweissnasse Stirn ab. Er lächelte leicht und in seinem Blick lag ein Glanz, den Alfonso erst selten zu Gesicht bekommen hatte. Eduardo war einverstanden. Als Alfonso in seinem Eifer schon beinahe den Raum verlassen hatte, rief der Herzog von Monterreal: «Mach dir nicht zu viel Hoffnungen, Alfonso! Vielleicht ist er schon lange fort.»

«Vielleicht», entgegnete dieser mit einem jungenhaften Lächeln, «aber falls nicht, müssen wir es zumindest probieren!»

Eduardo liess sich auf seinen Sessel fallen und atmete tief ein, während er spürte, wie der Alkohol langsam seine Wirkung entfaltete.

3

Hector seufzte und massierte sich die Schläfen. Er hatte Kopfschmerzen, wie immer, wenn er aufgebracht war, und die zahlreichen Becher Bier machten es nicht gerade besser, dennoch nahm er einen weiteren grossen Schluck und rülpste.

Carlos' Schenke war wie jeden Abend gut besucht und niemand schenkte ihm und Gorka Beachtung, wie sie an ihrem Stammtisch in einer Ecke des Wirtshauses sassen und sich unterhielten. Von hier hatte man den gesamten Raum sowie den Eingang im Blick und war den neugierigen Ohren anderer nicht ausgesetzt. An diesem Tisch hatten Gorka und Hector schon viele Pläne für ihre gewagten Unternehmungen geschmiedet und zahlreiche Abende im Rausch des Alkohols verbracht.

«Meine Fresse, dann sind die Fetzen geflogen, das kann ich dir sagen, mein Freund. Da gibt man sich das ganze Gespräch über Mühe, die Beherrschung nicht zu verlieren, und dann...»

«Haste' ihm seine adlige Visage poliert?», fragte Gorka und gluckste glücklich bei dem Gedanken. «Nee, das nicht. Aber vielleicht hätte ich es tun sollen.» Er hielt einen kurzen Augenblick inne, beobachtete, wie Gorka seinen Becher leerte und Bier seinen dichten Bart hinunterlief, dann erzählte er weiter.

«Als ich den Brief von diesem Boten erhielt, dachte ich wirklich für einen Moment, er will mich zurückholen, nach all diesen Jahren. Nach Hause. Und dann endlich stehe ich wieder dort, in diesem Palast, in dem ich aufgewachsen bin, vor meinem Bruder, der mich vergessen hat und dem ich sowas von egal bin… Glaub mir, ich bin schnell wieder auf den Boden gekommen. Er hat nicht aufgeschaut, als ich eingetreten bin. Er hat nicht ein Wort über Vater oder das Vergangene verloren, er hat nicht gefragt, wie es mir geht, was ich mache oder wo ich wohne, nichts. Es war ihm einfach egal, ich war ihm einfach egal. Er kam dann schnell auf den Punkt, machte mir dieses Angebot und so. Ich hab schliesslich angenommen und für ihn war die Sache dann erledigt. Ha, dieses Arschloch! Und dann, wie gesagt, hab ich ihn gefragt, ob er nichts zu meinem Rauswurf sagen will, wieso er mich nach Vaters Tod nicht zurückgeholt hat und alles. Er meinte dann, er stünde voll und ganz hinter Vaters Entscheidung von damals. Würde es selber wieder tun. Aber da wir schliesslich Halbbrüder sind, will er mir helfen und Arbeit verschaffen. *Ehrliche* Arbeit. Das Ganze soll ein Neuanfang sein und so weiter. Ich sei ihm natürlich nicht egal, doch wie Vater immer gesagt hat, steht die Ehre über allem und so weiter. Ja und da bin ich dann explodiert, wie gesagt.»

«Was haste' ihm gesagt?», fragte Gorka und blickte seinem Freund in die Augen.

«Ach, das was man seinem Bruder halt so sagt, wenn er ein Arschloch ist», erwiderte dieser kurz angebunden. «Du kannst es dir ja selber vorstellen.» Hector setzte den Becher an die Lippen, platzte dann aber heraus: «Mein Gott dieser Mann hat sich nicht um mich gekümmert, als ich auf der Strasse beinahe gestorben bin! Alfonso, das ist - also war - der Diener meines Vaters, hat mich genau einmal bei dieser Drecksfamilie besucht, die mich hätte aufziehen sollen. Sie hatten nicht einmal genug Geld, um ihre eigenen Kinder durchzufüttern.» Er schnaubte verächtlich. «Und dann auf einmal lässt er mich rufen wie einen Hund, mein toller Bruder, und sagt, er hätte mich damals ebenfalls rausgeschmissen wie mein Hurensohn von Vater. Dieser verlogene Mistkerl.» Hector fluchte noch eine Weile vor sich hin und Gorka liess ihn.

«Aber du hast trotzdem angenommen?», fragte er nachdem Hector fertig geworden war. «Ich meine, dann können wir nicht mehr… Du weisst schon.» Er

blickte sich kurz um. «Leute überfallen.» Hector
nickte.

«Gorka, die Einzelheiten musst du nicht wissen,
aber ich verdiene sicherlich mehr als das Doppelte
von dem, was wir von all diesen Bauern und Händlern stehlen könnten. Und das Risiko liegt bei null.
Du kannst ruhig in deiner Schmiede arbeiten, ich
spiele den Babysitter für Don Franciscos Tochter und
dann teilen wir meinen Lohn auf und haben genug
für was weiss ich wie viele Fässer Wein. Was sagst
du?»

«Na, das klingt doch nicht schlecht», meinte Gorka
mit einem breiten Grinsen. «Aber… Bist du sicher,
dein Bruder will dich nicht einfach loswerden? Er hat
ja selbst gesagt, er würde alles tun, um die Ehre eures
Vaters zu schützen.»

«Würde er auch», erwiderte Hector kalt. «Aber ich
werde ihm keinen Grund geben, so etwas zu tun. Ich
bin nicht stolz auf meine sogenannte Familie und
selbst wenn Eduardo mich auf Knien anflehen
würde, Herzog zu werden, würde ich ablehnen… Ich
würde ein gewöhnlicher Mann aus Córdoba bleiben.
Von der ganzen Heuchelei und Falschheit habe ich
die Schnauze voll.»

«Aber wenn du annimmst, bist du ja doch wieder am Hof und hast den ganzen Tag diese adeligen Scheisser um dich herum.» Hector lachte auf und fasste Gorka an der Schulter.

«Mein Freund, ich spiele für dieses Arschloch doch nicht ewig den Schosshund! Ich mach das, bis sich Don Francisco wieder verzieht und dann haue ich ebenfalls ab. Und dann wird mein lieber Halbbruder bemerken, dass einige wertvolle Kostbarkeiten in seinem Palast fehlen.» Hector grinste und Gorka lachte laut auf.

«Also gut, leicht verdientes Geld nehmen wir doch immer gerne an! Und diesen Don Francisco, den kennst du?» Hector nickte. «In dem Fall könntest du ja noch mehr Gewinn machen...» Auf seinen fragenden Blick hin rief Gorka aus: «Na wie wohl? Schnapp dir seine Tochter!»

Die beiden Männer verfielen in Gelächter und bestellten eine weitere Runde.

«Glaub mir, das wäre das Letzte was ich wollte. Ich will nichts mehr mit diesen Schweinen zu tun haben, ausser wenn ich sie ausraube.» Gorka seufzte und blickte verträumt ins Leere.

«Warte nur, bis du eine von denen im Bett hast, die sind eine Klasse für sich, sag ich dir.» Hector stiess einen spöttischen Laut aus.

«Als ob du jemals eine Adlige gehabt hättest. Das Höchste, was du verführen könntest, wäre eine besoffene Hure und selbst bei der müsstest du zahlen!»

So zogen sich die beiden Männer weiter auf, bis sie schlussendlich das ganze Wirtshaus unterhielten. Die anderen Gäste spornten sie immer weiter an und das Gejohle und Gelächter wurde schliesslich so laut, dass Carlos die beiden Trunkenbolde kurzerhand aus seinem Gasthaus rauswarf.

4

Obwohl er sich schwach und ausgelaugt fühlte und sich nichts sehnlicher herbeiwünschte, als einen langen, tiefen Schlaf, lag Eduardo rastlos in seinem Bett und schaffte es nicht, einzuschlafen.

Seit Hectors Besuch am Nachmittag waren fast zehn Stunden vergangen und die herzoglichen Pflichten hatten den ganzen restlichen Abend in Anspruch genommen, doch es war kein einziger Moment vergangen, in dem Eduardos Gedanken nicht um seinen jüngeren Halbbruder gekreist waren.

Hector war zwar zwei Jahre jünger als er, doch er wirkte so viel älter, erfahrener. Eduardo hatte es als beängstigend empfunden, einen Menschen wiederzusehen, den er nur noch als die Person kannte, die er vor mehr als einem Jahrzehnt gewesen war. Damals war Hector sein Bruder, es spielte noch keine Rolle, ob er unehelich gezeugt worden war. Sie lachten, spielten und kämpften gemeinsam gegen ihren älteren Bruder, schlichen sich in die Küche, um Essen zu stehlen und spielten Alfonso Streiche. Die Ideen dazu stammten immer von Hector.

Verrückt, wie sich alles verändern kann, dachte Eduardo. Als Hector ins Arbeitszimmer eingetreten war, konnte er nicht einmal aufblicken. Was für einen Hass musste dieser Mann auf ihn haben! Verlangte er eine Erklärung? Oder verstand er seine Entscheidung sogar?

Hector hatte sich verändert, das stand fest. Äusserlich schien er ein völlig anderer Mensch geworden zu sein, seine Gesichtszüge waren hart und sein Bart liess ihn bedrohlich wirken. Das kurze, blonde Haar, an das Eduardo sich noch von früher erinnern konnte, war nun lang und dunkel und auf den Armen glaubte er einige Narben auszumachen.

Im Nachhinein beschämte ihn sein eigenes Verhalten. Wie konnte er nur so sich nur so kaltherzig benehmen? Er hatte ihm nicht einmal angeboten, etwas zu essen, geschweige denn, sich zu setzen. Das Angebot, das doch als Neuanfang ihrer Beziehung gemeint war, hatte er ihm schnell und geschäftsmässig unterbreitet, als ob Hector nur ein weiterer Punkt auf seiner Aufgabenliste war. Eduardo schlug sich die Hände vors Gesicht und seufzte. Immerhin hat er schlussendlich angenommen, sagte er sich. Nicht einmal dann, als ihn sein Bruder angeschrien hatte, konnte er sich zu versöhnlichen Worten durchringen.

Er wollte doch nur, dass Hector ihn verstand. Er ging sogar das Risiko für ihn ein, dass Don Francisco ihn erkennen und Fragen stellen könnte! Die Ehre kommt zuerst, und wenn er sich selbst dafür umbringen müsste, das hätte er ihm doch sagen können, oder zumindest in der Art. Stattdessen erklärte er ihm so emotionslos, dass er selber erschrak, dass er ihn damals ebenfalls verbannt hätte. Woran konnte es nur liegen, dass er seinem Bruder seine Gedanken und Gefühle nicht mitteilen konnte? Es war, als ob er sich hinter einer Mauer aus Abweisung und Härte versteckte und Angst hatte, sich vor Hector rechtfertigen zu müssen.

Ich stehe voll und ganz hinter meinen Taten, sagte sich Eduardo entschlossen, ich habe es nicht gewollt, aber ich musste es tun! Wenn er das nicht versteht, ist es sein Problem.

Er erhob sich aus seinem prächtigen Himmelbett und trat hinaus auf den Balkon. Die frische Nachtluft liess seinen Kopf ein wenig klarer werden und mit geschlossenen Augen stand er da und bemühte sich, seinen Geist von allen wirren Gedanken zu befreien. Unter ihm erstreckte sich die wunderschöne Stadt Córdoba, hie und da hörte er weit entfernte Rufe oder Hundegebell und der klare Sternenhimmel war von atemberaubender Schönheit, doch Eduardos Gedanken kreisten unaufhörlich in seinem Kopf umher.

Er versuchte nur, seine Pflicht zu erfüllen! Ausserdem wollte er sowieso nie Herzog sein, Hernando wäre diese Aufgabe zugestanden, nicht ihm. Eduardo musste an seinen ersten Tag als Herzog denken. Sein Vater war eben verstorben und nun sollte er ihn beerben? Eduardo, der schmächtige Junge, der nichts von Politik und Verwaltung, geschweige denn vom Kämpfen verstand? Wie, um Himmels Willen, sollte er diesem Titel gerecht werden?

Er atmete tief ein. Ja, zu Beginn hatte er viele Stunden alleine und aufgelöst in seinem Bett verbracht, er hatte nichts gegessen und seine Pflichten vernachlässigt. Alfonso hatte sich so gut es ging um ihn gekümmert, doch auch er hatte es nicht vermocht, seinen Schmerz zu lindern. Erst mit der Zeit hatte er sich an sein neues Leben gewöhnt. Bei jeder seiner Entscheidungen hatte er sich gefragt, wie sein Vater gehandelt hätte. Es hatte ihm Sicherheit gegeben, sein Vater hätte gewusst, was zu tun war, sein Vater hätte für jedes Problem eine Lösung gefunden. Was für ein starker und entschlossener Mensch er doch gewesen war… Eduardo hatten solche Männer immer schon fasziniert, ja, er verehrte sie sogar, obwohl sie meist nur in Geschichten und Märchen auftauchten. Seit seiner Kindheit schaute er zu jenen Helden auf und wünschte sich, mit ihnen Abenteuer zu erleben. Doch er war Herzog, und ein Herzog zu sein war das genaue Gegenteil eines Abenteuers.

Eines Tages werde ich jemanden kennenlernen, mit dem ich fortziehen kann. Mit dem ich etwas erleben kann. Eduardo blickte verträumt auf die Stadt und wurde von einer Ruhe erfasst, wie er sie selten verspürte. Er legte sich zurück in sein Bett und spürte die Einsamkeit, die ihn umgab. Vielleicht sollte er sich wirklich langsam um eine Heirat bemühen und Erben zeugen. Doch der Gedanke, sich mit irgendeiner Frau, die er kaum kannte, zu verheiraten liess ihn kalt. Warum war die Ehe überhaupt so etwas Besonderes? Noch nie hatte Eduardo das so oft besungene Gefühl der Liebe verspürt. Gewiss, es gab durchaus reizende Damen, doch mehr als freundschaftliche Zuneigung zu Doña Lucía, seiner inzwischen verstorbenen Cousine, hatte er bei einer Frau noch nie empfunden. Vielleicht sollte er ein Fest veranstalten und…

Er hing noch eine Weile seinen Gedanken nach, bevor die Müdigkeit ihn übermannte und in den Schlaf fallen liess, wo ihn zahlreiche wirre Träume erwarteten.

5

Don Francisco war am Nachmittag mit seiner Tochter und den Bediensteten in Córdoba angekommen, doch Hector hatte sich nicht an der offiziellen Begrüssung beteiligt. Einerseits, weil Eduardo es für klüger hielt, nicht unnötig Aufmerksamkeit auf ihn zu lenken, und andererseits, da Hector sowieso keine Lust auf den ganzen Zirkus hatte.

Also hatte er sich in die Küche begeben - den Weg fand er wieder ohne gross nachdenken zu müssen - und dem Koch, einem jungen, geschwätzigen Mann und seinen geschäftigen Assistenten dabei geholfen, das Essen für das Begrüssungsfest zuzubereiten, nicht ohne sich unauffällig von den Speisen zu bedienen.

Zu seinem Erstaunen hatte er festgestellt, dass er niemanden der Bediensteten mehr kannte und diese sich auch nicht an ihn zu erinnern schienen. Anscheinend waren viele von ihnen ersetzt worden. Danach, als im Speisesaal eine Gesellschaft zu Ehren Don Franciscos gehalten wurde, gönnten sich Hector und der junge Koch einige Gläser mit Wein aus den Rebbergen des Herzogs und übertrumpften sich gegenseitig mit wahren und erdachten Geschichten über

Frauen, nächtliche Saufgelage oder glorreiche Heldentaten. Hector hatte schnell gemerkt, dass der Koch nicht der standhafteste Trinker war und forderte ihn immer wieder auf, mit ihm um die Wette zu trinken, bis dieser sich lallend entschuldigte und auf dem Weg nach draussen seinen Würgereiz zu unterdrücken versuchte.

Amüsiert hatte Hector in der Küche gewartet, bis das Abendessen zu Ende ging und vertrieb sich dabei die Zeit, indem er unverhohlen die geschäftigen Dienstmädchen begutachtete, die neue Speisen in den Saal trugen oder Geschirr abräumten und, sobald sie sich seiner Blicke bewusst wurden, empört oder errötend und kichernd davoneilten.

Schliesslich war das Essen zu Ende, die Gäste waren in ihre Zimmer einquartiert worden und Hector begab sich, leicht schwankend vom Alkohol, in das obere Stockwerk, um Don Francisco zu begrüssen und ihm seine Dienste anzubieten, so wie er es mit Eduardo abgemacht hatte.

Das Zimmer des Adligen lag am selben Ende des breiten Korridors, an welchem sich auch Eduardos Schlafgemach befand. Hector klopfte härter an die Tür, als er es gewollt hatte, und bekam plötzlich ein mulmiges Gefühl. Erkannte ihn der Hidalgo nach all diesen Jahren? Er hatte nie wirklich etwas mit ihm zu tun gehabt und es war doch sehr unwahrscheinlich, dass er unter Hectors Bart die kindlichen Gesichtszüge von damals entdecken und sich an ihn erinnern würde. Und doch bestand eine gewisse Möglichkeit aufzufliegen, das musste Eduardo, sein Bruder, der in dieser Sache doch ja kein Risiko eingehen wollte, doch erkannt haben?

So stand er da und wartete, auf den Füssen wippend und in Gedanken versunken, während er spürte, wie seine Sinne immer mehr vom Alkohol vernebelt wurden.

Don Franciscos Bauch war das erste, was Hector von ihm sehen konnte; er war so gross, wie wenn sich der Hidalgo gerade ein Weinfass einverleibt hätte und unter seinem edlen Gewand konnte man die Fettringe sehen, die bis auf seine Oberschenkel hingen. Der fleischige Kopf wirkte zu klein für seinen Körper und schien direkt auf seinen Schultern zu sitzen, ein Hals war nicht zu erkennen. Hector konnte nicht anders als grinsen.

«Was gibt's denn da zu lachen?»

«Gar nichts, mein Herr», erwiderte Hector schnell. «Mein Name ist Miguel und ich bin für die Dauer Eures Aufenthalts der Leibwächter Eurer Tochter», rezitierte Hector seinen einstudierten Satz. «Gestattet mir, sie wenn nötig mit meinem Leben zu beschützen.»

Don Francisco winkte bereits ab, als Hector noch nicht einmal zu Ende gesprochen hatte und brummte: «Ja, ja, mach was du willst.» Er liess die Tür hinter sich zufallen und liess den jungen Mann verdutzt stehen. War dies sein Ernst? Er hatte gerade einem wildfremden Mann die Erlaubnis erteilt, seiner Tochter nicht von der Seite zu weichen.

Adelsleute, dachte Hector verächtlich und schlurfte den Korridor entlang. Am anderen Ende lag Catalinas Schlafgemach und Hector verspürte nicht die geringste Lust, sich mit einer verzogenen Adelstochter herumzuschlagen. Eduardo hatte ihn bei ihrem Treffen in die Aufgaben eines Leibwächters instruiert. Er musste im Grunde nichts Anderes tun als Catalinas Leben zu schützen und dafür zu sorgen, dass sie wohlauf war.

«Falls sie etwas von dir verlangt, tust du es, hast du verstanden?», hatte Eduardo ihm eingeredet. «Ich denke nicht, dass sich Don Francisco viele Bedienstete leisten kann, und Catalina wird wohl kaum eine eigene Zofe haben. Darum wird sie sich vielleicht gewohnt sein, jeden sonstigen Bediensteten nach ihren Wünschen herumzukommandieren. Wie dem auch sei, du verhältst dich unauffällig und erregst kein

Aufsehen. Ich will nicht, dass Don Francisco Verdacht schöpft. Ich werde ihm ebenfalls erzählen, du seist schon vor Jahren gestorben, das Thema wird also vom Tisch sein.»

Hector fragte sich, wieso er diesen Auftrag überhaupt angenommen hatte. Gewiss, aus ihm würde bald ein reicher Mann werden, doch dass er für seinen Bruder arbeiten und wie ein Hund Befehle entgegennehmen musste, machte ihn zuweilen rasend. Vielleicht hatte er wirklich die Hoffnung auf einen Neuanfang, doch ein Neuanfang mit einem Bruder, der sich so eisig verhielt wie der Winter, war für Hector mittlerweile unmöglich geworden. Er schüttelte den Kopf und versuchte, ihn irgendwie frei zu bekommen, während er den Gang entlangschritt.

Hector erreichte die grosse Holztür.

Er atmete tief durch.

Klopfte.

Wartete.

Die Tür öffnete sich und was Hector da sah, fegte all seine Gedanken und Sorgen weg wie ein Orkan.

Vor ihm stand, aufrecht und noch in einem goldenen Festkleid, eine junge Frau. Es schien, als wäre alles, was Don Francisco an seine Tochter hätte weitergeben können, irgendwo verloren gegangen. Ohne sich seiner selbst bewusst zu sein, glitt Hectors Blick über Catalinas Körper. Sie war schlank und etwa gleich gross wie er. Unter ihrem goldenen Kleid zeichneten sich ihre weiblichen Formen ab, Hector die Sprache verschlugen. Die schwarzen Korkenzieherlocken hingen ihr bis zu den Hüften und glichen einer Kaskade schwarzer Seide. Über ihren vollen Lippen sass eine leicht geschwungene Nase, die sich von dem sonst so feinen Antlitz abhob, doch Hectors Blick galt vor allem den beiden grossen, mandelförmigen Augen, die gleich wie Edelsteine funkelten und von einem so intensiven Schwarz waren, als wohne ihnen die Nacht selbst inne. Hectors Gedanken rasten und er malte sich aus, wie viele Männer sich von dieser Frau schon hatten den Kopf verdrehen lassen, wer auf dieser Welt wohl schon alles ihrem Zauber erlegen war, dem Zauber dieses so vollkommenen Geschöpfes. Er vermochte es nicht seinen Blick von ihr abzuwenden, noch nie in seinem ganzen Leben hatte Hector eine solch atemberaubende Erscheinung erlebt und er wünschte sich in diesem Moment nichts sehnlicher, als dass die Zeit stehen blieb und diesen Augenblick für alle Ewigkeit auffing.

«Fass dich kurz.»

Catalinas Stimme war rau und streng, und etwas lag darin, das Hector die Nackenhaare aufstellen liess. Sie passte überhaupt nicht zu ihrer äusserlichen Erscheinung, wie er fand.

Ohne nachzudenken wiederholte er seine eingeübten Sätze, während er sich in den Tiefen ihrer Augen verlor.

«Gut. Nur um das klar zu stellen: Du kommst nicht in mein Zimmer, du bewachst es nur. Wenn ich irgendwohin gehe, folgst du mir mit Abstand. Du kommst nicht betrunken hierher und wenn ich esse, dann will ich nicht gestört werden. Habe ich mich klar genug ausgedrückt?»

Während die junge Frau in schnellem Tempo sprach, gestikulierte sie leicht mit ihren zarten Händen und Hector verfolgte ihre Bewegungen wie unter einem Bann. Er nickte und brachte seinen Blick nicht von ihrer dunkelbraunen Haut ab. Sie muss wohl oft draussen sein, dachte er. Zumindest öfter als die anderen adligen Damen, die sich hüteten, viel Zeit in der Hitze Andalusiens zu verbringen.

«Du bist nicht gerade der Hellste, habe ich recht?»

Das mag wohl wahr sein, teuerste Catalina, doch ich denke, der Zauber deines so eleganten und auf eine irgendwie anziehende Art und Weise leicht arroganten Wesens hat mich in seinen Bann gezogen und ich habe tatsächlich keinerlei Absicht, dagegen anzukämpfen, dachte sich Hector, doch stattdessen sagte er: «Hat dir schon einmal jemand gesagt, dass du zu schnell redest?»

Hector war sich sicher, dass Catalinas Mundwinkel kurz zuckten und er für den Bruchteil einer Sekunde ihr Lächeln sah, das ihn so verzückte, dass Glücksgefühle seinen Körper durchströmten, die er noch nie zuvor gespürt hatte und ihn lächeln liessen, während er sich fragte, was er da gerade für einen Unsinn geredet hatte. Er erwartete eine empörte Grimasse, ein hysterisches Geschrei oder einen Wutanfall, doch zu Hectors Erstaunen hörte er Catalina spöttisch erwidern: «So wie dir wohl noch nie jemand gesagt hat, dass du aussiehst wie ein dummer Esel, wenn du so vor dich hin grinst.»

Hector entwischte ein Laut des Erstaunens und er fühlte sich plötzlich so, wie er sich noch nie zuvor in seinem ganzen Leben gefühlt hatte: entwaffnet. Einige Augenblicke war er wie gelähmt von ihrem Verhalten, bis er schliesslich seinen Mut wiederfand.

«Im Gegenteil, das wird mir viel gesagt. Doch meist nur von Frauen, die sich, ohne es zu wissen, in mich verliebt haben.»

Catalina hob eine ihrer stark geschwungenen Augenbrauen. «Du hältst dich wohl für besonders schlau, nicht?», zischte sie und in ihrer Stimme lag etwas Bedrohliches. Es schien, als ob sie sich von einem Moment auf den anderen verwandelt hätte. «Glaube mir, wenn ich dir sage, dass ich Männer wie dich kenne. Ihr wollt euch vergnügen, das ist alles. Aber du bist nur ein kleiner, erbärmlicher Mann und kannst dir deine Sprüche fürs Bordell aufheben. Hast du tatsächlich das Gefühl, du seist der erste, der mich mit seinen Schmeicheleien verführen will? Du hast Glück, dass ich dich nicht bei meinem Vater oder dem Herzog persönlich melde. Meinem Vater liegt nichts mehr am Herzen als ich und wenn er von deinem Verhalten wüsste, würde er dich höchstpersönlich umbringen.»

Hector blickte in ihr wunderschönes Gesicht. Was erzählte sie da? Ihr Vater hatte sich nicht einmal mit ihm unterhalten oder genauere Anweisungen erteilt. Soweit Hector es sah, hatte Don Francisco andere Prioritäten als seine Tochter, doch diesen Gedanken behielt er für sich. Catalina wirkte nun herrisch und abweisend und in ihren Augen lag etwas, das Hector verstummen liess. Seit er auf den Strassen Córdobas zuhause war, hatte er sich noch nie von jemandem sein vorlautes Mundwerk verbieten lassen. Wie

konnte diese Frau ihn nur so aus dem Konzept bringen?

Hector nickte kurz und meinte, sie solle ihn wissen
lassen, wenn sie etwas benötige, machte auf dem Ab-
satz kehrt und eilte, ohne ihre Antwort abzuwarten,
nach unten in die Küche.

Er brauchte ganz dringend etwas zu trinken.

6

«Hector verhält sich aussergewöhnlich professionell.»

Eduardo blickte nicht von seiner Arbeit auf. Er hatte den ganzen sonnigen Morgen damit verbracht, einen Bericht über die ehemaligen Moriskendörfer im Alpujarras-Gebirge zu studieren und seine Gedanken kreisten um die verrückte Idee des Königs Philipp II. auf der Standesversammlung in Portugal vor sechs Jahren, alle jene Neuchristen auf hoher See zu ertränken. Alfonsos Worte drangen gar nicht erst bis zu ihm durch.

«Er hat sich bis jetzt keinen einzigen Fehltritt geleistet. Zwar musste er seine Fertigkeiten noch nie unter Beweis stellen, aber ich denke, er weiss, was er tut, und hat vermutlich sehr viel Erfahrung darin. Wer weiss, was er alles erlebt hat auf der Strasse. Er hält sich unauffällig im Hintergrund, wenn Catalina Besuch hat oder zu Tisch ist.»

«Gut», murmelte Eduardo und griff, ohne seinen Blick vom Papier abzuwenden, nach seinem Glas Wasser. Alfonso schritt zum geöffneten Fenster hinter Eduardos Schreibtisch und blickte nach draussen. Es war windig und in weiter Ferne waren dunkle

Wolken sichtbar. Er runzelte die Stirn, schloss behutsam das Fenster und sagte langsam: «Das einzige, das mir Sorgen bereitet, ist… Eduardo, hörst du mir denn gar nicht zu?»

«Doch, doch, Alfonso, es geht gut und… und professionell, sagtest du. Nicht wahr?»

Alfonso seufzte und setzte sich auf den Stuhl gegenüber von Eduardo, welcher immer noch nicht aufblickte. «Eduardo, mein Freund. Du arbeitest zu viel. Nimm dir doch eine kleine Auszeit.»

«Wie soll ich mir eine Auszeit nehmen, wenn wir bald in den Krieg ziehen, Alfonso? Seit diese Maria Stuart hingerichtet wurde, habe ich kaum mehr Zeit für irgendwelche anderen Dinge als Kriegsvorbereitungen. Heute habe ich mir endlich einmal Zeit genommen für die Morisken und denen geht es schlimm, sehr schlimm, Alfonso, das kann ich dir sagen! Weisst du, was der Bischof von Segorbe vor ein paar Tagen dem Staatsrat empfohlen hat? Die Zwangskastration aller männlichen Morisken. Nicht nur der Männer, auch der Jungen und Säuglinge. Das kann ich doch nicht zulassen! Sie sind offiziell Christen und solange sie das tun, was von Christen erwartet wird, darf man sie doch nicht behandeln wie Wilde! Mein Vater war ein frommer Christ, aber auch ein kluger Mann. Er hätte das nicht geduldet.»

«Ich bin froh, siehst du es als deine Pflicht an, auch die Neuchristen zu beschützen», meinte Alfonso geduldig. «Das zeugt von grosser Stärke, Eduardo. Doch was nützt es den Morisken, wenn du dich überarbeitest und schlussendlich zu gar nichts mehr fähig bist? Spanien braucht dich gesund und kräftig im Falle des Krieges.»

Eduardo lachte auf. «Ach bitte! Ich bin kein Anführer… Und erst recht kein Krieger. Ich würde Spanien von hier aus viel mehr nützen als von einem Kriegsschiff.»

«Ich fürchte», seufzte Alfonso, «du hast keine andere Wahl. Doch noch ist es noch nicht so weit.»

Eduardo seufzte, legte den Bericht weg und vergrub sein Gesicht in den Händen. «Ich bitte um Verzeihung, Alfonso. Ich hätte dir zuhören sollen. Was warst du gerade dabei zu sagen?»

Alfonso lächelte. «Es gibt nichts zu verzeihen, mein Freund. Ich sagte, dass Hector sehr fleissig und professionell zu Werke geht. Er ist unauffällig und stets wachsam. Ich habe Vertrauen in ihn und er weiss, was er tut, da bin ich mir sicher. Das einzige, was mir bisher aufgefallen ist, ist die Art und Weise, wie er Catalina ansieht.»

«Du sagtest doch gerade, er sei unauffällig?»

«In der Tat, das ist er. Im ganzen Palast, sei es im Speisesaal oder wenn er vor ihrem Schlafgemach Wache steht, überall ist er stumm wie ein Fisch. Doch einmal habe ich es mir erlaubt, den beiden heimlich bei einem Ausflug in die Stadt zu folgen, um sie zu beobachten. Sie reden zwar nicht oft, aber ich denke, Hector hat Gefallen an ihr gefunden.»

«Vielleicht interpretierst du da zu viel hinein», wehrte Eduardo ab. «Sie ist eine schöne Frau und man sollte es einfachen Männern nicht zu ernst nehmen, wenn sie ein bisschen zu lang starren.»

«Dennoch sollten wir verhindern, dass sie sich zu nahe kommen, Eduardo! Es könnte gefährlich werden für uns.»

Eduardo lehnte sich in seinem Sessel zurück und blickte Alfonso in die Augen. War das nun wirklich so wichtig? Doch Alfonso fuhr fort: «Hector besitzt nichts. Er ist ein Mann der Strasse, er hat meines Wissens nicht einmal eine richtige Arbeit. Falls er sich in Catalina verlieben sollte, könnte er ihr nichts bieten und ihr Vater würde sie wohl kaum mit einem solch einfachen Mann verheiraten wollen, immerhin ist sie eine Adlige.»

«Da hast du vollkommen Recht, Alfonso. Männer wie er haben überhaupt keine Chance bei Frauen wie

Catalina. Also wo genau ist das Problem?» Eduardo wurde ungeduldig.

«Bei seinem Stand! Eduardo, in seinen Adern fliesst dasselbe Blut wie in deinen! Ihr hattet denselben Vater und obwohl er ein Bastard ist, gehört er zu deiner Familie. Ich weiss, du versuchst immer so zu handeln, wie es Enrique…»

«Ich versuche es nicht, ich tue es», unterbrach Eduardo seinen Diener ungehalten. Er fühlte sich entkräftet. Wie oft musste er sich denn noch rechtfertigen? «Verstehst du es denn nicht, Alfonso? Was ich will, ist nicht von Belang! Ich muss im Sinne der Ehre unserer Familie handeln. Und indem ich Hector wieder wie einen Adligen behandeln würde, ginge ich ein zu grosses Risiko ein. Das musst du einfach - Ach, was soll's…», brummte er schliesslich, schloss die Augen und begann sich die Schläfen zu massieren. Er hatte Kopfschmerzen, wie immer, wenn er aufgebracht war.

«Ich kann all das nachvollziehen», beschwichtigte Alfonso, «aber der Punkt ist nicht, ob ich das verstehe, sondern ob Hector das versteht! Sollten er und Catalina sich tatsächlich verlieben, Eduardo, dann wird er darauf bestehen, wieder wie ein Adliger zu leben!» Alfonsos Stimme war eindringlich geworden und seine dunklen Augen bohrten sich in die Eduardos.

«Und dann? Will er mich erpressen?», fragte dieser spöttisch, doch Alfonso antwortete so scharf, dass ihm das Lächeln auf den Lippen gefror.

«Genau das könnte er tun! Eduardo, versetze dich doch in seine Lage! Es stünde ihm mehr zu als nur das armselige Leben, das er im Moment führt!»

«Es steht ihm gar nichts zu! Vater…»

«Euer Vater ist tot! Denkst du, er würde sich von dir aufhalten lassen? Du kennst das Sprichwort: Liebe macht blind, sie bringt Männer sogar dazu, sich in Gefahr zu begeben und bei Hector wird es nicht anders sein!»

Eduardo war sprachlos. Noch nie in seinem ganzen Leben hatte Alfonso ihn unterbrochen, geschweige denn in diesem Ton.

«Es ist Zeit, der Wahrheit ins Auge zu blicken. Du hast ihn im Stich gelassen, du hast dich nicht um ihn gekümmert, als du die Chance dazu gehabt hättest. Denkst du, es liegt ihm noch etwas an dir? Er ist nicht mehr dein Bruder, den du mal kanntest, verstehst du? Ich denke nicht, dass er auf dich Rücksicht nehmen würde, wenn du ihm im Weg stündest.»

Eine Weile verging, ohne dass die beiden Männer etwas sagten. Schliesslich senkte Alfonso den Blick und Eduardo flüsterte leise: «Für wen hältst du dich eigentlich, dass du in diesem Ton zu mir sprichst? Du bist mein Leibdiener, mehr nicht. Und jetzt verschwinde.»

Der alte Mann blickte ihn traurig an und schien etwas sagen zu wollen, doch er entschied sich dagegen, nickte knapp und verliess das Zimmer.

Eduardo erhob sich und begab sich ans Fenster. Er betrachtete die sonnige Welt, die sich draussen präsentierte, ohne sie wahrzunehmen, und kümmerte sich nicht um die Tränen, die sein Blickfeld verschwimmen liessen.

7

Hector liess seinen Blick über das geschäftige Treiben schweifen. Auf dem Marktplatz befanden sich Menschen verschiedener Art: Viehhändler, Handwerker, Stadtbewohner, Bauern, Bedienstete der Adligen, Händler aus Städten wie Barcelona, Valencia, Granada oder von noch ferner, einige Gaukler und Trickbetrüger, sowie einzelne zwielichtige Gestalten, die verstohlen umherschlichen.

Hector erinnerte sich noch genau daran, wie er hier seine erste geklaute Mahlzeit ass. Er war von seiner neuen Familie abgehauen und hatte die Nacht in einem engen Durchgang verbracht, ohne auch nur im Geringsten zu wissen, wo er sich befand. Das einzige, das er bei sich hatte, war ein stumpfes Messer, welches er Juan, seinem Ziehvater gestohlen hatte. Frühmorgens begab er sich auf die Suche nach etwas Essbarem, doch niemand hatte mit einem gesunden und gutaussehenden Burschen Mitleid und seine Bettelversuche hatten sich alle als erfolglos erwiesen. Entmutigt und mit knurrendem Magen hatte sich Hector zu Boden fallen lassen und zu weinen begonnen, als er plötzlich den köstlichen Duft in seiner Nase bemerkte. Ihm gegenüber lag eine Bäckerei. Zuerst hatte er gezögert, doch die Tatsache, dass er seit mehreren Tagen nichts mehr gegessen hatte, liess ihn kurzerhand in das Geschäft flitzen und es mit einem Laib Brot unter dem Arm wieder verlassen. Schnell hatte Hector erkannt, dass seine geringe Grösse und seine Flinkheit beim Stehlen von ungeheurem Wert waren. Er konnte sich ganz einfach unter die Leute mischen und Unsichtbar werden. Bald verstand er es, die Leute unbemerkt zu bestehlen und wurde ein wahrer Meister im Taschendiebstahl und der Betrügerei.

Hier, auf den Strassen Córdobas, war er zu jenem Menschen geworden, der er nun war. Die Zeit davor schien nicht einmal mehr zu existieren. Gedankenverloren trottete er hinter Catalina her, die zügig voranschritt.

«Wo sind wir denn jetzt?»

Die junge Dame war auf einer Kreuzung stehen geblieben und blickte Hector missgelaunt an. Hector sah in ihre grossen Mandelaugen. Warum nur war dieses so bildschöne Wesen so eine Nervensäge?

«Ich dachte, du weisst, wo du hinwillst?», entgegnete er nur.

Entnervt drehte sie sich wieder um und wollte in eine Gasse abbiegen, doch Hector hielt sie am Arm fest.

«Lass mich los, du grober Mistkerl! Was fällt dir ein?»

Hector grinste und erklärte ihr, dass sie gerade ins Potro-Viertel einbiegen wollte, in welchem vor einigen Jahren die Morisken einquartiert worden waren und das in der gegenwärtigen Lage für eine junge Frau gefährlich sein konnte. Neben den Besuchern der Bordellgasse und den vielen hasserfüllten Morisken gehörten auch Kriminelle jeglicher Art zu den Bewohnern des Viertels.

«Du bist doch hier, um mich zu beschützen?», erwiderte sie spöttisch. «Oder kannst du das etwa nicht? Ausserdem sind diese Menschen verpflichtet mir zu helfen. Sie würden es nicht wagen, mir etwas anzutun.»

Hector schüttelte den Kopf und seufzte: «Du hast ja keine Ahnung… Ich kenne diese Stadt und ich kenne diese Leute. Ich werde ganz sicher nicht mit einer Frau wie dir in dieses Viertel gehen.»

«Mit einer Frau wie mir? Was soll das denn jetzt bitte heissen?»

Hector gab ihr keine Antwort und zog sie, ohne auf ihren Protest einzugehen, in die entgegengesetzte Richtung.

«Du hast Glück, dass ich meinem Vater nichts davon erzähle», schimpfte sie und funkelte ihn zornig an, doch er schleifte sie unbeirrt weiter und erwiderte gelassen: «Ich muss seit ein paar Tagen eine Glückssträhne haben, so oft wie du deinem Vater etwas nicht erzählst. Diese Drohung höre ich ununterbrochen, seit du hier bist und ich bin immer noch am Leben.»

Catalina verzog empört das Gesicht, konnte jedoch nichts erwidern.

«Ist doch wahr», grinste Hector und liess sie los. Schweigend trotteten sie nebeneinander her und sprachen kein Wort miteinander. Hector genoss diese Stille, denn obwohl er sich selbst nur zu gern reden hörte, tat es gut, Catalinas Meckern nicht ertragen zu müssen.

Er beobachtete sie verstohlen von der Seite. Sie blickte kalt und erhobenen Hauptes voraus, bewegte sich dabei jedoch so elegant und anmutig, dass Hector ein Schauer über den Rücken lief. Er hatte dieses Gefühl oft bei ihr. Natürlich, sie wirkte egozentrisch und unnahbar, doch er war sich sicher, dass sich noch mehr hinter diesem Gesicht verbarg. Was es aber genau war, vermochte er nicht in Worte zu fassen. Oft war es der Anflug eines Lächelns oder eine unbestimmte Geste, was ihn so faszinierte. So sehr er den

Adel und deren Verhalten auch verabscheute, fühlte er sich von Catalinas Wesen auf unerklärliche Weise angezogen und, er konnte es nicht leugnen, verbrachte gerne Zeit mit ihr.

«Komm, ich will dir etwas zeigen.»

Hector nahm sie erneut bei der Hand und führte sie, ohne gross nachzudenken, durch die Stadt zur Kathedrale Córdobas, die in die ehemals grösste Moschee der Welt, der Mezquita, hineingebaut worden war und ein klares Symbol für alle Muslime darstellen sollte: Ihr Glauben hatte in Córdoba nichts mehr verloren. Das grossartige Gebäude mochte die gewöhnlichen Leute noch so verzücken und vor Ehrfurcht erstarren lassen, doch Hector interessierte sich überhaupt nicht für den Glauben, geschweige denn für Architektur. Überhaupt schenkte er den Gebäuden der Stadt keine Beachtung mehr, er hatte sie in seinem Leben ja schon zur Genüge bestaunen können. Hectors Augenmerk lag viel mehr auf den Leuten und ihrem Verhalten. Er hatte gelernt, seinem Bauchgefühl zu vertrauen und Menschen auszumachen, die als potenzielle Opfer für seine Tricks in Frage kamen, aber auch Personen aus dem Weg zu gehen, die ihm gefährlich werden könnten.

«Ich bin nicht mit dir hierhergekommen, um die Kirche da zu bestaunen», erklärte er ihr in ernstem Ton, «ich zeige dir etwas viel Wichtigeres.»

Er zog sie in eine Strasse, die von der Kathedrale wegführte. Sie war eng und lag komplett im Schatten der Häuser. Obwohl sich die meisten Bettler vor der Kathedrale aufhielten, gab es auch hier viele, die ihr Glück versuchten. Einige von ihnen sassen vor den Eingängen der Häuser, andere schlurften langsam auf und ab, streckten ihre Becher oder Mützen aus und einzelne lächelten dabei sogar mit ihren zahnlosen Mündern. Hector spürte, wie Catalina sich an seinen Arm klammerte, sie war nervös. Gemächlich ging er voraus und genoss ihre Berührung.

Normalerweise hatte er überhaupt kein Problem damit, durch solche Strassen zu gehen, Bettler waren ihm noch nie gefährlich geworden, doch heute war es etwas Anderes. Heute war er nicht alleine. Hector war sich seiner Verantwortung für Catalina durchaus bewusst und konzentrierte sich deshalb auf ihre Umgebung. Rund um die Kathedrale passierte seiner Erfahrung nach selten etwas Gefährliches, trotzdem blieb der junge Mann auf der Hut.

Er blickte zu Catalina, die stehen geblieben war und auf etwas starrte, das aussah wie ein schmutziger Wäschehaufen, doch Hector hatte schon erkannt, was dort lag. Er hatte sie also tatsächlich gefunden.

Das Kind lag eingerollt vor einer Haustür und hatte sich mit einem zerfetzten und schmutzigen Laken so gut es ging zugedeckt, doch durch die Löcher und Risse war seine zerlumpte Kleidung zu erkennen. Das Mädchen war vielleicht zehn Jahre alt, seine Haut war blass und spannte sich über den zerbrechlichen Körper. Neben sich hatte es einen alten Hut umgekehrt hingestellt, der Grösse nach der eines Erwachsenen.

Hector trat an Catalinas Seite und beobachtete ihre Reaktion, doch sie starrte nur ausdruckslos auf das Mädchen, ihr Mund war leicht geöffnet.

Plötzlich wich sie erschrocken zurück und stellte sich hinter Hector, als ein alter, buckliger Mann an ihrem Ärmel zog und ihr wortlos und mit finsterem Blick seinen Becher hinhielt, in dem keine einzige Münze lag. Hector trat vor und erklärte dem Alten, dass sie kein Geld mit sich trugen, was sogar der Wahrheit entsprach. Widerwillig und vor sich hinmurmelnd wich der Mann zurück, bedachte das ungleiche Paar allerdings weiterhin mit bösen Blicken.

Weiter vorne hatten zwei weitere Bettler, ein Mann und eine Frau, wortlos die Szene mitverfolgt.

«Dass du nichts dabei hast, wird dir niemand abkaufen, Catalina», stellte Hector nüchtern fest. «Zumindest nicht, wenn du in diesen Kleidern umherspazierst. Wenn ich nicht hier wäre, wärst du spätestens jetzt von einer Schar gieriger, armer Leute umzingelt, die nicht lockerlassen, bis sie an etwas von Wert kommen. Deine Kleider zum Beispiel… Die sind doch wertvoll, oder?»

Doch Catalina beachtete ihn nicht. Sie blickte wieder auf das kleine Mädchen, das jetzt aufgewacht war, verschlafen den Kopf hob und die Augen öffnete.

Catalina führte ihre Hände vor den Mund und unterdrückte mit vor Schreck weit aufgerissen Augen einen Schrei.

Die Augen des Mädchens waren von einem milchigen Schleier bedeckt und blickten ins Leere. Sie hob den Kopf und drehte ihn leicht, als sie Hector seufzen hörte, tastete nach der Mütze neben sich, hob sie dorthin, wo sie das Geräusch vermutete und sprach: «Habt Erbarmen mit mir, Señor! Bitte, nur eine kleine Münze, mehr will ich doch gar nicht.»

Hector lief ein Schauer über den Rücken. Obwohl er es gewusst hatte, obwohl er dieses Mädchen kannte… Diese zarte Stimme traf ihn ins Herz.

«Hallo Emilia… Ich bin's. Hector.»

Ein Strahlen erschien auf dem kleinen Gesicht und das Mädchen jauchzte: «Hector! Endlich besuchst du mich wieder!»

Sie sprang auf, streckte ihre Arme aus und drückte, als sie Hectors Hüfte spürte, so fest zu, dass ihm für einen Moment die Luft wegblieb, doch er lachte und fuhr ihr über ihre dünnen, blonden Haare. Catalina wich verunsichert einen Schritt zurück. Hatte das Mädchen ihn gerade Hector genannt?

«Ich habe dir etwas mitgebracht, Emilia. Hier…»

Er holte aus seiner Tasche einen halben Laib Brot und einen Apfel hervor; beides hatte er aus Eduardos Küche mitgehen lassen.

«Iss das lieber gleich hier, bevor's dir noch jemand wegnimmt.»

«Hector, du bist zu gut zu mir! Danke!», strahlte Emilia, tastete das Essen ab und schlang es dann in schnellen Bissen hinunter. Hector sah ihr lächelnd zu und als sie fertig war, verkündete er ihr: «Ich habe dir

jemanden mitgebracht, den ich dir vorstellen will, E-
milia.»

Er erhob sich und zog Catalina zu ihnen, doch die
Adlige brachte kein Wort zustande und konnte nicht
anders, als das blinde Mädchen aus ihren schwarzen
Augen anzustarren. Hector bedeutete ihr, vor ihr hin-
zuknien und sie fügte sich ohne Widerworte. Einige
Augenblicke vergingen und keiner der drei verlor ein
Wort. Hector spürte, dass die Blicke der übrigen
Leute auf ihnen ruhten, doch es war ihm egal.

Langsam hob Emilia ihre Hände an und führte sie
zu Catalinas zartem Gesicht. Sie ertastete sich ein Bild
ihres Gegenübers und fuhr mit ihren schmutzigen
Händen über die weichen Wangen, die Nase, Lippen,
Augen, Stirn und Ohren.

Hector war überrascht. Er hätte nicht gedacht,
dass sich die vornehme und temperamentvolle Catalina Emilias Ritual gefallen lassen würde, doch sie
sass einfach nur da und hielt die Augen geschlossen.
Das Mädchen liess die Hände sinken und ein ver-
schmitztes Grinsen machte sich auf ihrem Gesicht
breit.

«So, so, Hector! Hätte ich nicht gedacht, dass du
dir mal eine Moriskin schnappen würdest. Aber du
tickst ja sowieso nicht wie wir Normalsterblichen.
Nichts für ungut», fügte sie an Catalina gewandt an,

als ob sie gesehen hätte, wie diese die Stirn gerunzelt hatte.

«Wir sind nicht zusammen, sie ist nur… Eine Bekannte», erklärte Hector, «und sie ist auch keine Moriskin, sie kommt aus Kastilien.»

«Wollt ihr mich zum Narren halten? Natürlich bist du eine Moriskin!», gluckste Emilia. «Sieh dir nur deine Nase an! Sehen kannst du ja wohl besser als ich.» Sie begann zu kichern und hatte sichtlich Spass an diesem Spiel. «Natürlich wollt ihr mich veralbern, gebt's zu! Aber nicht mit mir, Hector, da musst du dir schon was Besseres einfallen lassen. Ich kenne viele Morisken und obwohl ich blind bin, bin ich noch lange nicht dumm!»

Hector wollte gerade etwas erwidern, doch Catalina kam ihm zuvor. «Du hast ja recht», lächelte sie und nahm Emilias Hand, «aber er wollte unbedingt, dass ich mitmache, es war seine Idee!»

Das blinde Mädchen lachte nun so fest, dass Tränen aus ihren Augen traten und sie sich auf den Boden fallen liess und sich den Bauch hielt. Hector konnte es nicht glauben, was sich da gerade vor ihm abspielte.

«Hector!» Catalina sprach den Namen mit einem süffisanten Lächeln aus. «Warum erzählst du mir nicht, wie es kommt, dass ihr beiden euch kennt?»

Er sah in ihre Augen. Sein Herz begann zu rasen, Gedanken und Gefühle schwirrten plötzlich ungeordnet in seinem Kopf umher und seine Knie wurden weich. So wie Catalina hatte noch nie jemand seinen Namen ausgesprochen. Der Klang berührte etwas tief in seinem Inneren, liess ihn erschaudern und entfachte eine Wärme in seinem Herzen, die er noch nie gespürt hatte. Doch gleichzeitig fühlte er sich blossgestellt vor dieser Frau, die ihn doch für Miguel gehalten hatte und nun, da sie sein kleines Geheimnis kannte, eine Macht über ihn hatte, die Hector Unbehagen bereitete. Und er war verwirrt; verwirrt, diese völlig neue Seite an ihr zu entdecken und zu sehen, dass sie mitfühlend und freundlich sein konnte, dass Emilia in ihr etwas geweckt zu haben schien, dass Hector alles vergessen liess, was er über sie gedacht hatte.

Er räusperte sich, bevor er antwortete. «Da gibt es nicht sonderlich viel zu erzählen. Ich bin eines Tages in sie hineingelaufen, aus Versehen, natürlich, und dann habe ich ihr als Wiedergutmachung eine warme Mahlzeit spendiert. Das war vor… Wie lange ist das wohl ungefähr her?»

Emilia grinste. «Zwei Jahre, schätze ich. Weisst du», fuhr sie an Catalina gewandt fort, «meine Eltern haben das gemacht.» Sie zeigte auf ihre Augen. «Mit einer glühenden Eisenstange. Damit mir die Leute beim Betteln mehr Geld geben.»

Catalina sah sie schockiert an. «Was... Ist das wahr?»

Die Kleine nickte gelassen und Hector erklärte: «Es gibt auch Eltern, die brechen ihren Neugeborenen die Arme oder Beine. Dann werden sie zu Krüppeln, die mehr Geld erhalten, als die gesunden.»

«Das ist ja schrecklich! Werden die Eltern dafür nicht bestraft?»

Hector zuckte mit den Achseln und Emilia antwortete leise: «Doch... Meine wurden bestraft. Sie wurden ermordet von Banditen, irgendwo draussen vor der Stadt.»

Catalina wollte dem Mädchen ihr Beileid aussprechen, doch Emilias Blick hatte sich verfinstert und leise zischte sie: «Das war die Gerechtigkeit Gottes.»

8

Eduardo schritt aufgewühlt in seinem Zimmer umher. Er war sich sicher: Lange würde er die gegenwärtige Situation nicht mehr aushalten. Seine Nerven lagen blank und sein Schädel war randvoll mit Dingen, die ihm Sorgen bereiteten, Gedanken, die ihn nicht mehr losliessen. Seit zwei Wochen fand er keine Ruhe mehr, nicht einmal im Schlaf. Seine Träume waren wirr und voller dunkler, bedrohlicher Gestalten, deren Absichten vor ihm verborgen blieben, brennenden Schiffen und am Galgen hängenden, leblosen Körpern. Oft war Eduardo aus diesen Träumen hochgeschreckt, allein und schweissgebadet in seinem Schlafgemach und vor Furcht gelähmt. Zweifelsohne liess ihn der bevorstehende Krieg mit den Engländern und die zugespitzte Lage zwischen den Morisken und den Christen nicht in Frieden, doch die Sache mit Hector und Don Francisco belastete ihn nicht minder. Er konnte nicht genau sagen, was es war, doch Eduardo war sich sicher, dass etwas ganz und gar nicht stimmte, dass es eine Sache gab, die sich vor ihm verbarg.

Vor einer Woche waren Catalina und Hector von einem Ausflug in die Stadt erst nach Mitternacht nach Hause gekommen. Eduardo hatte gerade zwei der Palastwachen losschicken wollen, um sie zu suchen, als die beiden dann doch noch zurückgekehrt waren. Ein kleiner Zwischenfall, wie Hector berichtet hatte. Catalina war aussergewöhnlich gut gelaunt gewesen, und, zum Erstaunen Eduardos, hatte der ganze Vorfall Don Francisco absolut kalt gelassen. Er hatte seine Tochter nicht einmal gefragt, wo sie gewesen, geschweige denn, was vorgefallen war.

Die ganze Geschichte schien für alle erledigt und Eduardo hätte gerne mit Alfonso darüber gesprochen, doch sein Stolz verbat es ihm, sich seinen Rat einzuholen. Seit Alfonso mit ihm über Hector gesprochen hatte, behandelte Eduardo den alten Mann wie alle anderen Angestellten und beauftragte nun Pedro, einen seiner Leibwächter, mit den meisten kleinen Aufgaben, die Alfonso normalerweise erledigte.

Eduardo blieb vor einem kleinen Spiegel stehen, der an der Wand hing, betrachtete sein bleiches Gesicht mit den dunklen Augenringen und fuhr sich über sein unrasiertes Kinn. Er fühlte sich unrein und krank. Er hatte fest damit gerechnet, dass sein Gewissen sich beruhigen würde, wenn er Hector wieder bei sich hatte, doch genau diese Tatsache bereitete ihm noch mehr Unbehagen. Er bekam seinen Halbbruder so gut wie nie zu Gesicht, und wenn sie sich dann einmal über den Weg liefen, dann konnten sie nicht offen miteinander reden.

Wahrscheinlich würde er das auch gar nicht wollen, dachte Eduardo sich und unterdrückte ein Gähnen.

Don Francisco, das hatte Eduardo schnell begriffen, schien kurz vor dem Ruin zu stehen. Er hatte praktisch kein Personal mehr und lebte nur noch auf Kosten anderer, wie der junge Herzog am eigenen Leib erfuhr. Er konnte sich nicht mehr, wie das bei verarmten Hidalgos in der Regel üblich war, von einem reichen Familienmitglied versorgen lassen, da seine näheren Familienmitglieder allesamt verstorben waren und er nicht über einen weit verzweigten Stammbaum verfügte. Der Hidalgo hatte sich keinerlei Mühe gemacht, seine Pläne zu verbergen: Er hoffte darauf, Catalina mit einem reichen Mann zu verheiraten, der ihn bei sich aufnehmen und ihn ebenfalls versorgen würde. Doch Eduardo hatte ihn abblitzen lassen, jedoch nicht ohne ihm das grosszügige Angebot zu unterbreiten, noch weitere zwei Monate bei ihm bleiben zu dürfen. So sehr er diesen Mann auch hasste, so viel Genugtuung verschaffte es ihm zu sehen, wie ihm langsam aber sicher die Zeit davonlief. Wenn er nicht bald jemanden fände, der seine Tochter zur Frau nehmen würde, wäre er dazu gezwungen, der Bruderschaft der «verschämten Armen» beizutreten. Diese kümmerte sich um mittellose Männer und Frauen, denen es die Ehre verbat zu arbeiten, denen öffentlich zu betteln aber ebenfalls untersagt war. Somit waren sie auf die für sie gesammelten Almosen der Bruderschaft angewiesen.

Doch Eduardo fand bald keine Freude mehr an Don Franciscos Leiden, denn, wie er wusste, waren verzweifelte Männer zu allem imstande.

Auch Alfonsos Worte über Hector gingen ihm nicht mehr aus dem Kopf: «Liebe macht blind, sie bringt Männer dazu, sich in Gefahr zu begeben.» Doch in was für eine Gefahr könnte sich sein Bruder denn begeben, falls er sich überhaupt in Catalina verliebt hatte? Eduardo war noch nie etwas an seiner oder ihrer Art, miteinander zu sprechen, aufgefallen. Zugegeben, er hatte sich auch noch nie nach ihrem Wohlbefinden erkundigt oder einen Bericht von Hector eingeholt. Vielleicht sollte er dies nachholen.

Eduardo schloss die Augen und atmete tief durch. Vermutlich war es seine Fantasie, die ihm schlaflose Nächte bereitete. Er hatte einfach gerade viel um die Ohren und Alfonsos finstere Theorie war doch sehr weit hergeholt.

Was ist es dann, was mich so aufwühlt?, fragte er sich und der erste Gedanke, der ihm kam, schien die Antwort zu liefern.

Der bevorstehende Krieg. Noch nie hatte Eduardo kämpfen müssen und der Gedanke, weit entfernt auf einem Kriegsschiff über das Leben hunderter Menschen zu entscheiden, liess ihn erschaudern. Wenn er doch nur aus diesem Albtraum erwachen könnte! Einfach alles schien in diesen Tagen gegen ihn zu arbeiten, sein Schicksal war düster und niemand war da, der ihm beistehen konnte. Am besten war es, die Sache mit Hector, Catalina und Don Francisco zu vergessen und seine ganze Kraft in die Sache zu stecken, die oberste Priorität hatte. In diesem Krieg ging es schliesslich um Spanien und darum, die Macht der einzig wahren Kirche, der katholischen, zu festigen und obwohl er nicht von Gott überzeugt war, war Eduardo der katholischen Kirche und vor allem dem Königreich treu ergeben. Er musste seine persönlichen Probleme ausblenden und sich auf diese ihm zugeteilte, ehrenhafte Aufgabe fokussieren, genauso hätte auch sein Vater gehandelt, dessen war sich Eduardo sicher.

Plötzlich wurde er von einer grimmigen Entschlossenheit erfasst. Sollte Don Francisco doch auf seinen Kosten leben, Eduardo hatte Geld genug. Sollten Hector und Catalina zusammen machen, was sie wollten, er würde sich von nichts und niemandem ablenken lassen. Vielleicht war ja genau dieses Kapitel seines Lebens sein lang ersehntes Abenteuer.

Er setzte sich an seinen Arbeitstisch, fegte die Berichte und Dokumente über die Morisken weg, zog ein frisches Blatt Papier aus einer Schublade hervor und begann, einen Brief an Don Álvaro de Bazán zu verfassen. Der Marquis von Santa Cruz war von König Philipp II. beauftragt worden, in Cádiz die gesamte spanische Flotte zu versammeln und von dort den Angriff auf England zu starten. Eduardo war aufgefordert worden, sich gemeinsam mit dem Adligen für den Kreuzzug einzuschiffen.

Während er die Zeilen verfasste, lief Eduardo ein Schauer über den Rücken. Wenn er in einigen Tagen den Palast verlassen würde, würde er vielleicht nie wieder zurückkehren. Seine Familie würde ihren einzigen Erben verlieren und ausgelöscht werden. Der Gedanke daran liess Eduardo erstarren. Sein Geschlecht könnte aussterben. Hector könnte seinen Anspruch geltend machen lassen, doch ob ihm jemand glauben würde? Und heiraten konnte er in dieser kurzen Zeit auch nicht mehr.

Eduardo hielt inne und legte die Schreibfeder beiseite. Vielleicht sollte bald alles enden. Es lag nun nicht mehr in seiner Hand, was mit dem Andenken der Familie geschah, wie ihm schlagartig bewusst wurde.

Für einige Augenblicke rührte er sich nicht. Doch dann, zu seiner eigenen Verwunderung, begann er zu lächeln.

9

Hector wartete, bis sich die Schritte entfernt hatten, dann schlich er zur Tür und schlüpfte lautlos in das grosse Zimmer. Sofort erblickte er eine kleine Truhe, die geöffnet neben dem massiven Kleiderschrank lag, eilte zu ihr und durchwühlte die fremden Habseligkeiten, doch sein geübter Blick liess ihn schnell erkennen: Wertvolles gab es hier nicht.

Seit seinen jüngsten Erlebnissen in Córdoba kreisten Hectors Gedanken schon die ganze Woche ununterbrochen um Catalina. Er hätte gerne mit Gorka gesprochen, sich ihm anvertraut, doch im Moment war es ihm unmöglich, mit seinem Freund in Kontakt zu treten.

Catalina. Ihre grossen, funkelnden Augen, in denen das helle Flackern der beinahe erloschenen Kerze zu sehen war, erforschten die seinen, er spürte, wie sich ihre Körper berührten und einzig ihr gemeinsamer Atem zu hören war.

Er öffnete den Kleiderschrank und griff geschickt in die Taschen der wenigen Kleidungsstücke – nebst zwei Wamsen befanden sich nur eine alte Pluderhose und eine Schaube in dem geräumigen Möbel – doch wieder ohne Erfolg.

Die Männer warfen sich im Hof der Kathedrale auf den alten Morisken, der, zu Boden gedrückt, den Schutz der Kirche erflehte. Sofort rissen sie ihn hoch, zerrten ihn durch die Puerta de los Deanes aus dem Kirchenbereich und begannen unter lautstarken «Ketzer» - Rufen auf ihn einzuprügeln. Die Passanten und Geistlichen verfolgten das Schauspiel belustigt und einzelne feuerten die Christen dazu noch an. Als sie von dem Mann abliessen, wandte Catalina ihr Gesicht ab, nahm Hectors Hand und drückte sie fest. Hector schwieg. Das Schicksal dieses misshandelten, blutenden Mannes war besiegelt: Ein weiterer Neuchrist würde der Inquisition zu Opfer fallen.

Nun zog er eine Schublade auf, die gefüllt war mit Unterwäsche, und tastete auch hier alles ab, doch, wie er erwartet hatte, fand er auch hier nicht, wonach er suchte. Doch wonach genau suchte er eigentlich?

Sie waren schon auf dem Rückweg, als sich ihnen auf einmal ein grosser, dunkelhäutiger Mann in den Weg stellte. Hector drehte sich um, als er den Dolch in dessen Gürtel sah, doch hinter ihnen waren zwei weitere Männer aus einer Seitengasse aufgetaucht und als er den kleineren der beiden erkennen konnte, wurde Hector klar: Er steckte in gewaltigen Schwierigkeiten.

Hector horchte schlagartig auf. Hatte er Stimmen gehört? Er lauschte angestrengt und glaubte, Schritte zu hören, doch er wagte es nicht, sich zu bewegen.

Als er schon dachte, er hätte sie sich nur eingebildet, ertönten die Stimmen wieder, kamen dieses Mal jedoch in raschem Tempo näher und wurden begleitet von schweren Schritten. Hector schlüpfte in den Schrank und schloss die beiden Türen genau in dem Moment, als die Schritte das Zimmer erreichten. Durch einen winzigen Spalt erkannte er die Person, die den Raum betrat.

Der Mann kam langsam auf sie zu, gefolgt von seinem Diener, der eine Hand auf einen Messergriff gelegt hatte. Sein Gesicht war von Narben überzogen und verzog sich zu einem Lächeln. Er sprach zu Hector.

Er habe lange genug gewartet, und Hector seine Schulden immer noch nicht beglichen. Das teuflische Lächeln liess ihn den Ernst der Lage erkennen: Mit Pablo Rodriguez, dem berüchtigten Gauner aus Córdoba, hätte er sich besser nicht angelegt. Das Pferd, das er vor drei Monaten von ihm für einen Überfall geliehen hatte, war damals von einer Lanze getroffen worden und verendet. Hector allerdings hatte sich dafür entschieden, es Pablo zu verschweigen und ihm aus dem Weg zu gehen; sogar auf den Brief, der ihm eines Tages von einem verhüllten Mann übergeben worden war, hatte er nicht reagiert. Nun hatte er die Strafe dafür.

«Wo ist denn nur mein Barett, Herrgott noch mal!», fluchte der dicke Mann lauthals und Hector hielt die Luft an. Der Zweite war in der Tür stehen geblieben und hielt sich zurück.

Hector hörte, wie die Bettdecke aufgeschüttelt wurde.

«Ich glaube ja nicht… Vorhin hatte ich es ja an, nicht?»

Der Dicke durchwühlte jetzt, genau wie Hector vor ein paar Sekunden, die kleine Truhe neben seinem Versteck. Gleich würde er auch den Schrank öffnen!

«Ich hätte dir höchstens einen Finger abgeschnitten – vielleicht zwei - wenn du nur zu spät gezahlt hättest… Doch du Hurensohn hast doch wirklich gedacht, du kannst mich verarschen und kommst ungeschoren davon, nicht? Wahnsinn… Ich habe dir sogar einen Brief zustellen lassen, einen Brief! Als ob ich nicht schon grosszügig genug gewesen wäre. Aber ich mochte dich, mein Kleiner, ehrlich! So allerdings… So lässt du mir keine andere Wahl. Wenn alle meine Kunden das Gefühl hätten, sie könnten mit mir Spielchen spielen, dann ist das nicht gut fürs Geschäft, du verstehst? Das ist nämlich sehr wichtig, dass du das kapierst: Hier geht es nur ums Geschäft. Ist nichts Persönliches.»

«Don Francisco! Ich habe Euer Barett gefunden, das ist doch Eures, nicht wahr?»

Der Adlige hatte schon eine Hand auf den Türgriff gelegt, als er sich umdrehte und die Kopfbedeckung an sich nahm. Er bedankte sich beim herbeigeeilten Alfonso und winkte dem zweiten Mann zu, den Hector jetzt als Gerardo, einen der Palastwache erkannte. Die drei verliessen das Schlafgemach und Hector blieb in seinem Versteck. Das ging gerade haarscharf an einer Katastrophe vorbei! Leise öffnete er die Schranktüren und wollte sich eben aus dem Zimmer stehlen, als sein Blick auf den Schreibtisch fiel, der zum Fenster ausgerichtet war. Hector prüfte, ob ihn jemand von draussen sehen könnte, doch im Garten befand sich niemand. Auf der Arbeitsplatte lag nichts ausser einer alten Feder. Hector seufzte. Er hatte das Risiko, erwischt zu werden, doch nicht umsonst auf sich genommen! Es konnte doch nicht sein, dass ein Hidalgo so wenig persönliche Gegenstände besass, geschweige denn, nichts von Wert. Er öffnete missmutig die Schreibtischschublade, seine letzte Hoffnung.

Hector blieb ruhig. Er war schon vielen brenzligen Situationen entkommen, also musste es doch jetzt ebenfalls eine Lösung geben!

«Gut, lass uns reden. Aber sie hat nichts damit zu tun. Lass sie gehen.» Er deutete auf Catalina.

«Natürlich kann die Frau gehen», stimmte Pablo zu, «doch du hast mich falsch verstanden: Die Zeit des Redens ist vorbei.»

Catalina rührte sich nicht. Sie blickte wie versteinert auf den vernarbten Kriminellen, dessen Grinsen nun verflogen war.

«Geh nach Hause, na los! Ich komme schon zurecht», sprach ihr Hector leise zu.

Sie sahen sich für einen Moment in die Augen, und Hector wusste, dass dieser Augenblick keinerlei Erklärungen benötigte. Sie brauchten es nicht auszusprechen. Hector lächelte, doch Catalinas Augen röteten sich.

«Nein, ihr… Ihr seid ein Paar!» Pablo schüttelte den Kopf. «Ach, was die Liebe nicht alles für Geschichten schreibt! Vor allem junge Liebe, wie ich denke? Ach was soll's, bringen wir's endlich zu Ende. Verschwinde nun, Weib, das willst du nicht sehen…»

«Ich versprechs dir», flüsterte Hector, «ich komme nach.» Er zwinkerte ihr zu und dachte schon, sie würde zu weinen beginnen, doch stattdessen trat eine Härte in ihr Gesicht, die er nicht für möglich gehalten hätte. Sie nickte entschlossen und drehte sich um, der dunkelhäutige Mann trat auf ein Zeichen Pablos zur Seite und liess sie passieren. Hectors Körper spannte sich an, er geriet in Panik. Er wusste nicht, was er nun tun sollte, wie er diese drei be-

Hector griff nach dem ledernen Büchlein. Es sah schwer mitgenommen aus, einige Seiten waren herausgerissen oder verknittert, zudem sah es so aus, als wäre es schon mehrere Male nass geworden. Er blätterte es durch, wurde jedoch nicht schlau aus den krakeligen Notizen. Meist waren es nur einzelne Worte oder Namen, ab und zu auch kurze Sätze, die, soweit Hector das beurteilen konnte, falsch geschrieben waren. Er schüttelte das Buch, worauf drei gefaltete Briefe auf den Schreibtisch vielen. Vielleicht... Er nahm den ersten und überflog ihn. Er stammte von einem Joan Agramunt aus dem Königreich Katalonien und war auch in Katalanisch verfasst. Hector wurde das Lesen in seiner Kindheit zwar beigebracht, jedoch war er nie ein sonderlich begabter Schüler gewesen und tat sich noch immer schwer damit. Mit diesem Brief in einer anderen Sprache konnte er schon gar nichts anfangen. Er steckte ihn

wieder in das Buch und entfaltete das zweite Schrift-
stück, doch kaum hatte er die Wörter erkannt, war er
es auch schon wieder entnervt von sich: Es war Fran-
zösisch. Als ob Don Francisco all diese Sprachen verstehen würde!

*«Bringen wir es schnell hinter uns, ich will nicht noch
mehr Aufsehen erregen.» Pablo nickte dem Mann hinter
Hector zu, woraufhin dieser seinen Dolch aus dem Gürtel
zog. Hector stand nun mit dem Rücken zur Hauswand, er
wandte sich abwechselnd Pablo und dessen Handlanger
zu. «Warte, warte, Pablo, ich kann dir alles zurückzahlen,
sogar das Doppelte! Ich arbeite beim Herzog von Monterreal, du weisst schon, der junge…»*

*Doch er konnte nicht mehr zu Ende sprechen. Ein
Schrei unterbrach ihn, gefolgt von einem metallischen
Dröhnen und einem Knacken, das Hector die Nackenhaare
aufstellte. Vor seinen Augen wurde der dunkelhäutige
Mann zur Seite geworfen, der Hinterkopf war zerschmet-
tert und eine dicke, rote Masse flog durch die kleine
Strasse, welche plötzlich von mehreren Schreien und Rufen erfüllt war. So schockierend das Bild von diesem zer-
trümmerten Schädel auch war, das sich Hector da bot, re-
agierte er ohne nachzudenken. In einer flüssigen Bewe-
gung zog er sein eigenes Messer, schlitzte damit Pablos
Hals auf, entwendete den Dolch des zweiten, vor Schock
erstarrten Schergen und stach ihn in sein Herz.*

Ohne einen weiteren Blick auf das Blutbad zu werfen, welches Catalina und er gerade angerichtet hatten, drehte er sich um, nahm seine Retterin bei der Hand und begann zu laufen.

Lustlos griff Hector nach dem dritten Brief. Er war seine letzte Möglichkeit, etwas zu finden. Einen Beweis für seine Vermutungen, eine Information, oder nur einen kleinen Hinweis. Doch was hatte er sich dabei auch gedacht? Wieso sollte Don Francisco so etwas mit sich herumtragen? Entmutigt öffnete Hector das gefaltete Papier.

Catalina. Ihre grossen, funkelnden Augen, in denen das helle Flackern der beinahe erloschenen Kerze zu sehen war, erforschten die seinen, er spürte, wie sich ihre Körper berührten und einzig ihr gemeinsamer Atem zu hören war. Die alte Scheune ausserhalb der Stadt, die Hector schon so oft als Versteck genutzt hatte, war zwar klein, doch auf dem Heuboden war noch altes, vergessenes Stroh, das ein wenig Komfort bot. Die Nacht war hereingebrochen, doch sie fühlten die Kälte nicht. Es zählten nur sie beide, der Rest der Welt war ausgesperrt, verbannt aus ihrer kleinen Welt. Noch nie in Hectors Leben hatte sich ein Moment je so perfekt angefühlt, so vollkommen. Könnte man diesen Moment doch nur einfangen und einsperren, die Zeit still stehen lassen…

«Wieso war Emilia so sicher, dass ich eine Moriskin bin?»

Catalina stellte eine Frage, deren Antwort sie schon kannte, dessen war sich Hector sicher. Er sagte nichts, betrachtete nur ihre mandelförmigen Augen, die geschwungenen Augenbrauen, die reine, dunkle Haut. Es lag auf der Hand.

«Ich habe meine Mutter nie kennengelernt. Wie du vielleicht weisst, ist sie gestorben, als ich noch ganz klein war. So hat es mir mein Vater jedenfalls erzählt.»

Hector hörte ihr zu, er hing an ihren Lippen, während sie erzählte, und war fasziniert von der Stärke dieser Frau, die weder eine Mutter, noch einen richtigen Vater kannte. Sie hatten mehr gemeinsam, als er sich bewusst gewesen war.

«Was geschah mit deiner Familie?»

Hector sah ihr tief in die Augen, eine Zeit lang herrschte Stille. Schliesslich begann er zu erzählen.

Er stutzte. War dies wirklich wahr? Er drehte den Brief um, suchte ihn ab nach weiteren Zeilen, denn er hörte mitten im Satz auf. Er fand nichts, doch das spielte eigentlich keine Rolle mehr. Er hatte tatsächlich einen Beweis gefunden, schwarz auf weiss, und nun stand ihm nichts mehr im Wege. Ihm und Catalina. Er begann leise zu lachen und spürte, wie sein

Gesicht heiss und seine Augen feucht wurden. Er konnte es nicht fassen. Vielleicht gab es tatsächlich doch so etwas wie einen Gott oder das Schicksal, das ihm gut gesinnt war. Hector trocknete sich die Augen und beruhigte sich. Noch war nichts entschieden, ein letzter Schritt fehlte noch. Er steckte das Papier in seine Tasche und verliess das Schlafgemach. Nun würde er sich nicht mehr aufhalten lassen.

„Ich werde eine Möglichkeit finden, wie wir gemeinsam leben können. Das verspreche ich dir, Catalina. Dein Vater wird uns nicht im Weg stehen."

10

«*Francisco*

Ich habe lange mit mir gerungen, dir diesen doch sehr speziellen Wunsch zu erfüllen. Doch wir kennen uns beide seit wir scheissen können, wie du so gerne sagst, und das ist doch immerhin etwas. Übrigens, entschuldige meine Schrift, ich fühle mich schon seit längerer Zeit krank und erschöpft. Wie dem auch sei… Ich habe Alfonso, meinen Leibdiener nach Granada geschickt, der dort eine geeignete Familie ausmachen konnte. Es sind Neuchristen, wie du mir geraten hast. Sie haben sieben Kinder - mehr als genug, wenn du mich fragst – und wir werden das Jüngste mitnehmen. Ein Mädchen, natürlich, und ich denke, dass diese Mauren sogar froh sind, wenn sie nicht noch ein Maul zu stopfen haben. Du musst verstehen: Das ist nicht leicht für mich. Ich versuche stets das Richtige zu tun und einer Familie ein Kind zu entreissen ist vielleicht auch nicht richtig. Doch ich sage mir immer wieder, dass wir einen weiteren Menschen vor dem falschen Glauben retten und ihn in das Licht Christi führen. Ausserdem wird das Mädchen eines Tages einen edlen, reichen Mann von Welt heiraten, da bin ich mir sicher. Ich weiss, dass du dich gut um sie kümmern wirst. Du bist mein Freund, Francisco, darum werde ich dir gegenüber immer offen und ehrlich sein, das schwöre ich dir. Doch ich glaube nicht, dass wir uns trotz unser unterschiedlichen Auffassungen in mancherlei Hinsicht gross unterscheiden. Dennoch will ich dir aber noch einen freundschaftlichen Rat mitgeben: Bitte hör damit auf, dein Geld für diese Gelage auszugeben. Wir können auch ohne solch immensen Ausgaben Spass haben, mein Freund! Ich weiss, der königliche Hof ist eine eigene Welt und vielleicht verpasse ich ja den ganzen Spass, wenn ich immer nur in Córdoba sitze, doch ich konnte leider einfach nicht weg in letzter Zeit. Im Moment ist hier die Hölle los in Andalusien. Du weisst schon, die ganze Sache mit dem Aufstand der Morisken. Auf jeden Fall glaube ich, dass man sein Geld besser ausgeben könnte als für allmonatliche Feste. Doch genug getadelt, ich bin nicht Don Martín! Magst du dich noch an ihn erinnern, unseren alten Lehrer? Ich muss oft an ihn denken und an unsere...»

11

«Don Francisco.»

Hectors Stimme klang laut und forsch. Eine Woche war der Vorfall in Córdoba nun schon her und er stand kurz davor, sein Ziel zu erreichen.

Der Hidalgo erschrak als der junge Mann einfach so in sein Quartier platzte, ohne zu klopfen oder sich anzumelden, sein Gesicht färbte sich scharlachrot und er wollte gerade zu einer Schimpftirade ansetzen, doch Hector liess ihn nicht zu Wort kommen.

«Ich halte mich kurz: Ich weiss um die Situation Eurer Tochter. Ich bin ihr während der letzten Tage durch meine Arbeit näher gekommen und habe seitdem selbst erlebt, was für eine… aussergewöhnliche Frau sie ist. Ich weiss auch um ihre Wurzeln. Eigentlich kann man es ja schon an ihrem Äusseren erkennen, dass sie eine Moriskin ist, doch ich musste zuerst Gewissheit erlangen. Aber diese habe ich jetzt mit diesem kleinen Brieflein hier.»

Don Francisco wollte etwas antworten, doch Hector zog unbeirrt das gestohlene Dokument hervor und sprach weiter: «Den habe ich in Eurer Schreibtischschublade gefunden, wie Ihr wahrscheinlich wisst. Ihr habt ein schweres Verbrechen begangen, mein Herr, zusammen mit meinem Vater natürlich, das werde ich nicht leugnen. Doch mein Vater interessiert mich nicht mehr, seitdem er mich verjagt hat.»

Don Francisco öffnete den Mund, schaffte es jedoch nicht zu sprechen. Das konnte doch alles nicht möglich sein! Hector lebte! Und wie, er war gerade dabei, ihn zu erpressen! Oder war dies nur ein schlechter Scherz?

«Ihr habt ein unschuldiges Neugeborenes seiner Familie beraubt, nur um Euch selbst finanziell abzusichern und um Euer luxuriöses Leben weiterzuleben. Denn Ihr wolltet Catalina mit einem reichen Adligen verheiraten, nicht wahr? Zum Beispiel mit Eduardo! Aber das könnt Ihr nun vergessen, glaubt mir. Ich werde nämlich mit Catalina fortziehen! Irgendwohin, wo uns niemand finden wird, wo wir nur für uns sind. Alleine und weit weg von euch verrückten Hidalgos und Herzogen. Und... Natürlich werdet Ihr uns gehen lassen, denn ansonsten werden all Eure Taten ans Licht kommen. Ihr werdet heute Abend abreisen und nie wieder hierher zurückkehren, und ich werde niemandem etwas verraten. Haben wir uns verstanden?» Don Francisco starrte vor sich hin und sagte eine Weile lang nichts.

„Aber Hector", begann er lächelnd, „ich hatte doch keine Ahnung, dass…"

„Ihr habt von nichts eine Ahnung. Ich bin kein Adliger mehr und werde auch nie einer sein, dessen bin ich mir bewusst und ich bin mehr als zufrieden mit meiner Situation. Doch ich werde nicht dulden, dass ich mit Euch unter einem Dach wohnen muss, wenn ich Catalina heirate. Dann sind wir uns also einig?», fügte er an, als Don Francisco sich nur wütend auf die Lippen biss und nicht antwortete. In seine Augen trat der blanke Hass.

«Oh nein, das sind wir uns nicht», zischte er. «Du verstehst das vielleicht nicht, aber Catalina ist der Schlüssel zu meiner Zukunft. Und du wirst mir diese garantiert nicht zerstören! Das wirst du nicht!»

Don Francisco erhob sich und machte einige Schritte auf Hector zu, welcher sofort sein Messer zog und es dem dicken Mann triumphierend entgegenhielt. Gegen ihn konnte er nicht gewinnen, das musste er doch ebenfalls wissen. Der Adlige hielt einige Momente inne. Dann geschah alles sehr schnell: Don Francisco liess sich unter lautstarken Rufen zu Boden fallen, er schrie und wand sich auf dem Boden, als ob er Todesqualen litte und war dabei so laut, dass Hector erschrocken zurückwich. Einige Augenblicke lang stand Hector wie gelähmt da, doch dann hörte er das Poltern und die Rufe um ihn herum: Der ganze Palast war alarmiert. Er fluchte, als er Schritte auf dem Korridor hörte, und sah sich um: Seine einzige Fluchtmöglichkeit war das Fenster und sie befanden sich im zweiten Stock.

Schon stürzte eine der Wachen in das Zimmer hinein, sein Schwert in der Hand, und blickte von Don Francisco zu Hector und wieder zurück.

„Dieser Mann wollte mich umbringen!", schrie der zu Boden Gegangene und zeigte dabei auf sein Gegenüber, das mit gezücktem Messer über ihm stand und ihn schockiert ansah. Der Wachmann zögerte einen Moment, stürzte dann jedoch auf Hector zu.

„Warte, warte, warte, es ist nicht so, wie Ihr denkt...!"

<h1 style="text-align:center">12</h1>

Sie brachen auf. Eduardo machte sich mit einigen seiner Bediensteten nach Westen in Richtung Cádiz auf, zum Hafen, in dem die spanische Armada vor Anker lag. Er war froh, endlich von Córdoba wegzukommen. In den letzten Tagen war so vieles passiert, was ihm die letzten Nerven und den Schlaf raubte. Vor seiner Abreise hatte er Alfonso die Verantwortung für die nächsten Schritte, die nun getan werden mussten, übertragen. Er seufzte, während sich sein Pferd unter ihm in gemächlichem Tempo vorwärts bewegte, und liess seinen Blick über die Felder und Weiden schweifen, an welchen sie vorbeiritten und die bald von den ersten Sonnenstrahlen des Tages beschienen werden würden. Gerne hätte sich Eduardo süssen Träumereien und grossartigen Fantasien hingegeben, doch seine Gedanken kreisten, wie so oft in den letzten Tagen, nur um Hector.

Sie hatten ihn falsch eingeschätzt, Alfonso und er. Sein Bruder war glücklich mit seinem Leben gewesen, so wie es war. Er hatte nie Herzog werden oder sich an seinem Bruder rächen wollen. Er verlangte nur, in Ruhe ein glückliches Leben führen zu dürfen. Wieso hatte er ihm diesen Wunsch nicht von Anfang an erfüllen können, damals, als er es noch gekonnt hätte? Vielleicht aus demselben Grund, aus dem er sich selber im Weg stand, seinen Traum eines abenteuerlichen Lebens zu verwirklichen. Er hatte seinem Bruder Unrecht getan, indem er so distanziert geblieben war, selbst nachdem sie wieder zueinander gefunden hatten. Doch ob er überhaupt je zu einem kompletten Neuanfang in der Lage gewesen wäre, oder ob ihm Hector überhaupt vergeben hätte? Er wusste beides nicht und er würde es auch nicht mehr erfahren. Vielleicht war dies die Strafe dafür, dass er Hector im Stich gelassen hatte. Vielleicht aber war es auch nur das Leben, das seinen eigenen, unberechenbaren Lauf nahm.

Don Francisco würde sich in den nächsten Monaten nun zwar vor Gericht für sein Verbrechen verantworten müssen, doch eine Strafe war kaum zu erwarten; er war adlig und hatte somit das Glück, sich vor beinahe keinem weltlichen Gericht fürchten zu müssen. Ausserdem, wieso sollten sich die Richter für eine arme Moriskenfamilie und gegen einen katholischen Adligen einsetzen? Der Hidalgo würde freigesprochen werden und seiner Wege gehen, allerdings ohne Catalina. Eduardo hatte nicht viel Zeit mit ihr verbracht oder mit ihr gesprochen, und doch hatte ihn die Nachricht ihres Todes zutiefst erschüttert. Die Vorstellung, wie sich diese bildschöne Frau, laut Alfonsos Schilderung, Hectors Messer auf offener

Strasse selbst ins Herz trieb und neben dessen Leichnam zu Boden ging, war grauenhaft; die ganze Geschichte war grauenhaft.

Einen Tag nachdem Hector als vermeintlicher Verbrecher beinahe von der Palastwache ermordet worden war, wurde er auf dem Hof der Kathedrale niedergestochen. Zusammen mit Catalina hatte er Alfonso zu seinem Treffen mit Don Julian, einem Geistlichen der Kathedrale, der während des Krieges für Eduardos beten sollte, begleitet. Kurz nachdem sie durch die Puerta de los Deanes getreten waren, rammte ein alter, bärtiger Moriske seinen Krummdolch in Hectors Rücken und begann, unter lauten, arabischen Flüchen, auf die anderen Christen in seiner Umgebung einzustechen. Bevor er von drei herbeieilenden Büttel übermannt und auf der Stelle getötet wurde, hatte er etliche Menschen, darunter auch Frauen und Kinder, verletzt oder ermordet. Nachdem sich die Unruhe gelegt hatte, erfüllten die Klagerufe jener, die gerade einen geliebten Menschen verloren hatten, die Stille. Nur Catalinas Trauer war nicht zu hören. Sie starrte regungslos auf den leblosen Körper zu ihren Füssen und griff, scheinbar ganz ruhig, nach Hectors Messer.

Eine Träne kullerte über Eduardos Wange und fiel in die Mähne seines Pferdes, doch er verspürte keine

Trauer, auch keinen Zorn oder Wut. Er fühlte nichts ausser den rhythmischen Bewegungen des Pferdes und er gab sich ihnen hin. Es gab nichts mehr, was ihn hier hielt. Alles war zu einem Ende gekommen.

Die Sonne tauchte hinter ihm am Horizont auf und liess ihre ersten Strahlen auf die Erde fallen. Sie wanderte langsam den Himmel empor und strahlte dabei immer stärker und schöner, bis sie schliesslich vollends aufgegangen war und die Welt mit Licht flutete.

Eduardo schloss die Augen. Sonnenstrahlen fielen auf seinen Rücken und wärmten ihn. Sein Kopf war schwer, seine Gedanken kamen zum Erliegen, und während er gemächlich nach Westen getragen wurde, glitten ihm allmählich die Zügel durch die Finger und er kippte seitwärts zu Boden.